周作人著作

藥味集

锺叔河——编订

岳麓書社·长沙

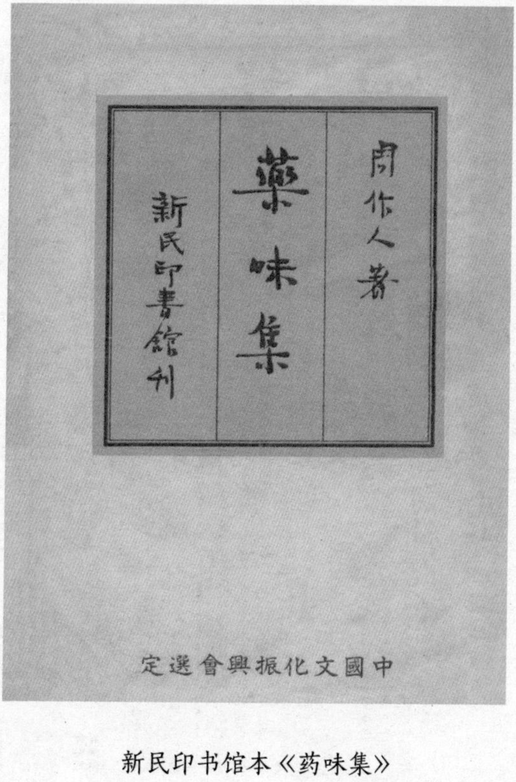

新民印书馆本《药味集》

编者的话

钟叔河

一九八七年一月三日《光明日报》上，岳麓书社刊出了我拟稿的一帧广告（左图），宣布了书社和我对重印周作人著作的观点：

“人归人，文归文。周作人其人的是非功过是另一问题，其书的主要内容是对传统文化和国民性进行反思，对中国—西方和中国—日本的文化历史进行比较研究，今之读者却不可不读。……”

随即便开始出书。既出周作人著作的单行本，也出精装合订本。两年之间，出了二十四种。

书当然不是想出便能出的，得按规矩，走程序。周家授权了，报告批复了，宋木文、杨牧之、伍杰各位领导都当面或来信表示应允和支持了，便能够出了。

出就得出好。当时强调了两条：（一）因为均系据旧本重印，所以一定要认真校订，尽力改正旧本误植失校的错误；（二）因为手稿不存，无法对勘，所以一定要详出校记，改动处一概保留原文，承担责任。

这两条，读者看来大都是认可的。直到如今，在旧书网上，八十年代"岳麓版"的周作人著作，始终都卖得不错。

现在，岳麓书社决定又来出版周作人著作，仍然要我负责编订，做法则一仍其旧。主要还是这些书，还是这两条，新的广告也就不必再做了。

鄢琨君三十年前和我同编了这些书，此次仍然合作，蒋浩君也参加了进来。校记原列表在书末，如今改作尾注。二君新增校改之处，分别标出"鄢校""蒋校"，特此说明，并志感谢。

二〇一八年五月十五日于长沙。

出版题记

《药味集》一九四二年三月北京新民印书馆印行，有《〈药味集〉序》一，收文二十二篇。

作者自称，“近来觉得较有兴味”写作的，只是类似“前人所作的笔记”那样的文字，亦即《药堂语录》之类题跋小品；“自丁丑至庚辰（一九三七至一九四〇）此四年中”，大品正宗文字公之于世的，便只有《关于朱舜水》《炒栗子》《再谈俳文》这二十来篇了。

最后一篇《日本之再认识》系应“国际文化振兴会”之约，为了纪念日本纪元二千六百年而写的。序文说收文二十一篇，很可能没有将其计算在内。但这实在是一篇讨论日本生活、习俗和文化的重要文章，读者们看过便会知道的。

关于书名，作者也有所说明："拙文貌似闲适，往往误人，唯一二旧友知其苦味，……今以药味为题，不自讳言其苦，若云有利于病，盖未必然，此处所选亦本是以近于闲适之文为多也。"又云："凡有所记述，必须为自己所深知确信者，才敢着笔，此立言诚慎的态度，自信亦为儒家所必有者也。"今据"新民版"校订重印。

二〇二〇年五月二十七日，锺叔河。

目录

《药味集》序 …………………………………… 1

关于朱舜水 …………………………………… 3
关于陶筠庵 …………………………………… 10
关于杨大瓢 …………………………………… 17
关于范爱农 …………………………………… 26
玄同纪念 …………………………………… 34
记蔡孑民先生的事 …………………………………… 41
《元元唱和集》 …………………………………… 47
《四鸣蝉》 …………………………………… 52
《老老恒言》 …………………………………… 59
《鲊话》 …………………………………… 66
《春在堂杂文》 …………………………………… 71
禹迹寺 …………………………………… 78

卖糖 …………………………………………………… 85
撒豆 …………………………………………………… 89
上坟船 ………………………………………………… 95
缘日 …………………………………………………… 101
蚊虫药 ………………………………………………… 107
炒栗子 ………………………………………………… 112
野草的俗名 …………………………………………… 116
谈俳文 ………………………………………………… 126
再谈俳文 ……………………………………………… 136
日本之再认识 ………………………………………… 151

《药味集》序

鄙人学写为文章，四十馀年于兹矣。所写的文字，有应试之作，可不具论，有论文批评，有随笔，皆是写意之作，有部分的可取，近来觉得较有兴味者，乃是近于前人所作的笔记而已。其内容则种种不同，没有一定的界限。孔子曰，吾少也贱，多能鄙事。鄙人岂敢高攀古人，不过少也贱则相同，因之未能求得一家之学，多务杂览，遂成为学艺界中打杂的人，亦不得已也。若言思想，确信是儒家的正宗。昔孔子诲子路，知之为知之，不知为不知，是知也。鄙人向来服膺此训，以是于汉以后最佩服疾虚妄之王充，其次则明李贽，清俞正燮，于二千年中得三人焉。疾虚妄的对面是爱真实，鄙人窃愿致力于此，凡有所记述，必须为自己所深知确信者，才敢着笔，此立言诚慎的态度，自信亦为儒家所必有者也。因此如说此文章思想皆是国粹，或云现代化的中国固有精神，殆无不可。我很怕说话有点近于夸大，便不足取，但是这里实在是很谦虚的说的，只因不愿虚伪的谦逊，故或不免过于率直耳。自丁丑至庚辰此四年中，陆续写有六十馀篇，兹因书局之需，择取其三分之一，得二十一篇，公之于世，题名曰《药味集》。拙文貌似闲适，往往误人，唯一二旧友知其苦味，废名昔日文中曾约略说及，近见日本友人议论拙文，谓有时读之颇感苦闷，鄙人甚感其言。今以药味为题，不自讳言其苦，若云有利于病，盖未必然，此处所选亦本是以近于闲适之文为多也。

中华民国三十一年一月二十四日，作者自序于知堂。

关于朱舜水

朱舜水是我们的大同乡，他与王阳明都是绍兴府属馀姚县人，在民国成立前后特别受国人的崇敬，杭州清泰门内立祠，遗书重刊，大概都是民国一二年间的事。我虽然想搜集乡贤著作，但是愿大而力薄，所收只能以同在府城的山阴会稽为限，此外如萧山之毛西河王南陔，馀姚之黄太冲邵念鲁，目的是在于买书，不尽由于乡曲之见了。《舜水遗书》也以同样原因买有一部，可是不曾怎么细看，因为第一这是铅字印本，虽说是吾乡马一浮所编校，错字却非常的多，读下去很不愉快，第二朱君的节义固极可钦，其学问则非我所能懂，盖所宗无论是王伯安是朱仲晦，反正道学总是不甚可解的。近来偶阅新井白石的《东雅》，见其中常引舜水说，以关于果蓏树竹，禽鸟鳞介各门为多，有些注明出于《朱氏谈绮》，我这才知道他对于名物大有知识，异于一般的儒者，于是重复找书来读，十年耽误虽是可惜，惟炳烛之明，总胜于终身面墙[1]，则亦正复可喜耳。

舜水《朱氏谈绮》四册，早见于名古屋一旧书店目录中，十年前亡友马隅卿君常常谈及，这是什么样的书呢，却终未决心去买来一看。近日寄信去居然买到了，宝永五年刻本，即西历一七〇八年，纸墨如新，不似二百三十年前物。书凡三卷，据舜水门人安积觉序文云，卷中二册本是舜水为水户侯所著之《学宫图说》；卷上系懋斋野传问简牍笺素之式，深衣幅巾之制，旁及丧祭之略，记其所闻；卷下则今井弘济概举所闻事物名称，分类罗列，汉和并记，间有说明，《东雅》所引大抵出此，文集中有答问三卷，亦被征引数条。安积氏《澹泊斋文集》中有与村篁溪泉竹轩书，以为舜水自有其大学问大文章，此书琐屑殊不足观，以重违水户侯遗教，故为编刊，所撰序文亦是此意，而以委曲出之，如末尾所云：

> 昔鱼朝恩观郝廷玉之布阵，叹其训练有法，廷玉恻然曰，此临淮王遗法也，自临淮殁无后校旗事，此安足赏哉。览者有味乎斯言，庶为得矣。

【锺校】

①“面墙”原作“墙面”。

此是正统的看法，亦自有道理，但是离开了政事与理学，要知道一个人的情性，从有些微小的事情上去看，反能明了真相，也正是常有的事。原公道著《先哲丛谈》卷二记朱舜水事十三条，其十一云：

> 舜水归化历年所，能倭语，然及其病革也，遂复乡语，则侍人不能了解。

又同卷中记陈元赟有一条云：

> 元赟能娴此邦语，故常不用唐语。元政诗有"人无世事交常淡[1]，客惯方言谈每谐"，又"君能言和语，乡音舌尚在，久狎十知九，旁人犹未解"句。

此二则所记，皆关于言语小事，但读了却有所得，有如小像脸上点的一个黑子，胜过空洞的长篇碑传文集中的疏揭论议正经文字。又《阳九述略》《安南供役纪事》等，固足以见其学问气节，但是集里的书牍九卷，答问三卷，《谈绮》三种，其琐屑细微处乃更可见作者之为人，是很有意思的资料。《谈绮》卷上关于信函笺疏的式样，神主棺木的制法，都详细图解，卷中说孔庙的构造，大有《营造法式》的派头，令人不得不佩服。安积氏著《朱文恭遗事》中云：

【锺校】

①"淡"原作"谈"。

藏书甚少，其自崎港带来者不过两簏，而多阙失，好看《陆宣公奏议》《资治通鉴》。及来武江，方购得京师所镌《通鉴纲目》。至作文字，出入经史，上下古今，娓娓数千言，皆其腹中所蓄也。

在别一方面，他的常识亦甚丰富，卷下辨别名物，通彻雅俗，多非耳食者所能知。答小宅生顺书之一有云：

来问急性子，仆寡陋无所知，于药材草木鸟兽更无所知，然闻急性子乃凤仙花子，不辨是非，触手即肆暴躁，未知是否。

此岂无所知者所能写。至答小宅问中历说沉速诸香，尤为不易，无怪今关天彭文中疑舜水留滞安南系在经商，故熟悉香料也。答野节书中云：

敝邑青鱼有二种，乃池沼所畜，非江海物也。其一螺蛳青，浑身赤黑色，鳞大味佳，大者长四五尺。其一寻常青鱼，背黑而腹稍白，味次之，畜之二年可得三四尺，未见其大者，以其食小鱼故不使长久。

案范啸风著《越谚》卷中水族部下云：

鲭鱼又名螺蛳青，专食螺蛳，其身浑圆，其色青，其胆大凉。

此螺蛳青正是越中俗语，不意范氏之前已见于舜水文集，很有意思。《谈绮》卷下天时部首列“零糖”，下注和语，盖是冰柱。《越谚》云，“呼若零荡”。此俗名通行于吴越，若见诸著录，恐亦当以此为最早矣。记圣庙建筑那么细致严密，说名物时又多引用俗语，看似抵忤，其实乃出于诚笃切实，二者反可互证也。《遗事》中云：

文恭自持严毅，接人和愉，与客谈论，间及俚谚嘲笑之事。

不能饮酒，而喜客饮，时或对棋，棋不甚高。

此所写皆有意味，有颊上添毫之妙。《遗事》中记舜水所述“只好州苏作判通”一诗，又一则云：

有媒人极言女子之姣，娶之而丑，夫家大怒，欲殴媒人，其人骂曰，花对花，柳对柳，破粪箕对乇苕帚。乇音芝，俗字，犹言敝苕帚也。

案于此可想见舜水之风趣，欲使异邦学子领取此谐味固亦甚难，则其寂寞之情亦可想也。乇字音芝训敝，今无可考。《易馀龠录》卷十引顾黄公《白茅堂文集》书徐文长遗事云：

文长之椎杀继室也，雪天有童踞灶下，妇怜之，假以亵服，文长大詈，妇亦詈。时操欋取冰，怒掷妇，误中妇死。县尉入验，恶声色问欋字作何书，文长笑曰，若不知书生未出头地耳，盖俗书欋作乍也。尉怒，报云用乍杀，文长遂下狱。

注云，欋音瞿，《释名》云，四齿钯也。案今越中不知有铁器名瞿者，四齿钯农夫掘地多用之，则名曰铁勺，别有一种似锄而尖，更短更坚厚，石工所用，通称山支，或可写作芝音之乍字，唯平常人家不备此器，取冰不必需此，灶屋中亦无冰可取也。二百馀年间言语或不无变迁，可惜查不着这乍字的现身了，但在朱顾①二公遗文中得见此俗语奇字，亦很有意思的事耳。

谈舜水的著作，不可不说到那篇《阳九述略》。这是辛丑六月写给门人安东守约的文章，说明朝灭亡的原因，归结于士夫之作孽，人民之困苦叛离，自具深识；又谓清兵陷北京，布散流言，倡为均田均役之说，百姓多为所惑，亦是异闻，与记虏害诸条皆可备考，文繁今不能多引。上文提及安东守约，这也非说几句不可。舜水居东久，知人甚多，书牍九卷中与东邦人士者居其八卷，可以知之，及门亦不少，唯自谓只安

【锺校】

①“顾”原作“黄”。

东一人可称知己，其交谊之深密盖虽安积亦不及也。书牍第一卷中有与孙男毓仁书，详记其事，今录于下：

日本禁留唐人已四十年，先年南京七船同住长崎，十九富商连名具呈恳留，累次俱不准，我故无意于此。乃安东省庵苦苦恳留，转展央人，故留驻在此，是特为我一人开此厉禁也。既留之后，乃分半俸供给我，省庵薄俸二百石，实米八十石，去其半仅四十石矣。每年两次到崎省我，一次费银五十两，二次共一百两，苜蓿先生之俸尽于此矣。又土仪时物络绎差人送来，其自奉敝衣粝饭菜羹而已，或时丰腆则鱼鱶数枚耳。家止一唐锅，经时无物烹调，尘封铁锈。其宗亲朋友咸共非笑之谏沮之，省庵恬然不顾，唯日夜读书乐道已尔。我今来此十五年，稍稍寄物表意，前后皆不受，过于矫激，我甚不乐，然不能改也。此等人中原亦自少有，汝不知名义，亦当铭心刻骨，世世不忘也。奈此间法度严，不能出境奉候，无可如何，若能作书恳恳相谢甚好，又恐决不能也。

文集铅字本多误，今据《先哲丛谈》卷三所载录入。此书盖作于延宝六年，其时毓仁至长崎，于今二百六十二年，遂觉古人之高谊清风不可复见矣。

关于陶筠庵

陶筠庵有《各书抄读》，《筠庵文选》中录其小引二十篇，寒斋藏有《帝京景物略》及《钟伯敬集》两种“抄读”，近日又从乡间得到三种，即《越绝书》《吴越春秋》《陶靖节诗文集》，各有引一首。文选中《吴越春秋钞引》云：

古今传侠士美人，莫《吴越》若矣，犹恨赵氏叙西施郑旦不详也。《吴越》各传五，记多怪诞，文遂陆离，合于盲腐史者什之三四，合于《越绝》者什之五六，度彼参此，略短取长，是在读者心识之耳。《汉魏别解》首《吴越》，次《越绝》，选不数传，传不数篇，河上之浆偏以荆邦之贼两载，薛烛之剑不与要离之矛并收，岂真不欲如羽陵蠹鱼食尽仙人字哉，吾知爱之所割者多矣。

抄本则云：

侠士佳人，两两相映，红粉宝剑，沁入心脾，莫《吴越》事若矣，然犹恨赵氏叙西施郑旦欠详也。浣纱石，响屧廊，颦里之眉，沉湖之貌，何竟不一为点缀，将恐英雄气短儿女深情，不欲以脂粉污笔墨耶。《吴越》各传五，卷三，记多怪诞，文遂陆离，合于盲腐史者什之三四，合于《越绝》什之五六，度彼参此，略短取长，是在学者心省之耳。至若《越无馀外传》所载，嬉砥山而吞薏苡，孕剖胁而产高密，以暨大禹之记天柱，号宛委，金简青玉，白银瑑文，赤绣男子，苍水使者，倚歌覆釜，拊哭缚人，狐尾庞庞，禽呼咽喋，若斯之类，颇新耳目，要非鸿文巨篇，不过与《吴太伯传》同为因流溯源之作，作者精神究不聚此。呜呼，古人穷愤著书，后之览者不能无所感也，尤不能无所舍，余所为读《越绝》一书，每恨女娲不尽补离恨天，兼读《吴越春秋》，又叹相思地不为费长房缩尽也。槜[①]李叶来甫欲以孙武利刃加西子之颈，岂不有感而言之乎。其与西湖黄仲霖作《汉魏别解》，首《吴越》，次《越绝》，尤啧啧不容吻。乃选

【锺校】

①“槜”原作“樵”。

不数传，传不数篇，河上之浆偏以荆邦之贼两载，薛烛之剑不与要离之矛并收，岂真不欲如羽陵蠹鱼食[①]尽仙人字哉，吾知其爱之所割者多矣。鉴湖陶及申题于蒙池山之绛桃馆。

其语颇繁缛，盖是少时任兴语，抄本“两两相映”以下十二字，及“离恨天相思地”二语，傍均有红勒帛，又“呜呼”至“费长房缩尽”有钩乙，似有所改订，而文选本则又大加删削也。《越绝书抄小引》文选中无之，其文云：

《越绝》表里《吴越春秋》，叙事瑰琐宛折似不及，而简练峭劲则大过之，又常取径旁侧，《吴内传》《春申君》多不关吴越。如所云尧有不慈之名，舜有不孝之行，舜用其仇而王天下，桓公召其贼而霸诸侯，夏启善牺于益，汤献牛荆之伯，文王以务争，武王以礼信，周公以盛德，借齐东口角，掉儒生笔尖，纲提目解，语颇新警，又常以发明《春秋》为志，又常以韵语骈语俊语险语取胜，大抵书古而名实未考，赝子贡，倩子胥，且诬挞墓以妻楚王母嫁，却吴寻盟以存鲁乱齐破吴强晋霸越，袭事骋词，有识共明，不

【锺校】

① 原无“食”字，今增。

必为昔贤置喙也。先儒谓战国人所为，汉人从而附益，又谓经传错出，内外各陈，盖聚众腋以成裘，非构于一人之手。刘会孟谓楚吴越皆大国也，采风者不及焉，故有《骚》以补楚之缺，有《越绝》以补吴越之缺，此亦纪事之女娲也。张白马谓文辨而奇，博而机，藏知周信，重仇明勇，与《国策》谲权倾捭者异。李大泌谓缜密似班掾，奇宕似子长，富艳似左国，或峻或衍，或英或坯，笔无定姿，局有馀劲，即无贺拔，尚存宇文，岂秦汉以后学者所能阔其藩哉。之数说者，余惟唯唯而已。虽然，篇中隐语，大旨略存，俨然以圣经自例矣，后之君子又何从而端倪之乎。抄与《吴越春秋》相参，大抵择其文采尤胜者。吴王占梦大同小异，字句恨有诖漏，因删此而录彼。端木说吴事已载《家语》，故两逸之。独子胥亡楚殉吴，左氏只以数语了之，《越绝》加详，而《吴越》则稍滥焉，互存其文。或以立体，或以见才，读之可以悟作法矣。甲寅腊月庚寅朔灯下，陶及申题。

甲寅为康熙十三年（一六七四），筠庵年三十九岁，二书盖同时所抄，此小引中亦有改窜处，口角笔尖均以朱墨改作之口之笔。《陶集抄》在文选中亦未见，这书特别有意思，因为名曰抄而实乃全部，小引亦多精义，文曰：

靖节诗非惟不能学，亦不可学。昭明选不多，而选者自佳，东坡讥之太过。《晋书》《宋书》《南史》俱为靖节立传，序靖节诗文者无虑数十家，总无出昭明右者，即白璧微瑕一语亦缘爱人以德，何可轻诋也。集本多舛谬，诸校刻都自称善，独恨其不多缺疑，则真所谓小儿强解事者耳。原载《群辅录》而不载《搜神后记》，今仍之。庚申桂月，及申谨识。

其时为康熙三十一年（一六九二），筠庵五十七岁，年渐长见识亦进，此文比以前所作更简短得要领，所说之数点看似平常，却切实公平，抵得人家好两篇大论文。不佞读陶诗见古今人评语不少，只喜欢两人的话，即是苏东坡陆放翁的题跋。东坡云：

余闻江州东林寺有陶渊明诗集，方欲遣人求之，而李江州忽送一部遗予，字大纸厚，甚可喜也。每体中不佳，辄取读，不过一篇，惟恐读尽后无以自遣耳。

放翁云：

吾年十三四时，侍先少傅居城南小隐，偶见藤床上有渊明诗，因取读之，欣然会心。日且暮，家人呼食，读诗方乐，至夜卒不就食。今思之如数日前事也。庆元二年岁在乙卯九月二十九日，山阴陆游务观书于三山龟堂，时年七十有一。

东坡他们的谈陶诗此外尽有好的，不过大都是关于一章一句有所发明，若是可以当作总论看的殊属不多，上面所举的三篇，据我看来要算是顶好的了。我看了陶君的话，再去读诸人所作传序，觉得说得很不错，确是昭明太子的写得最有意思，但白璧微瑕一节，反复再三，仍未能领会，盖鄙意以为卒无风谏何足摇其笔端二语大缺情趣，不必为之曲讳。文中为昭明疏解，这倒是陶君之爱人以德，我们所不敢轻诋也。

《筠庵文选》中有《春秋四传》《周礼》《小戴礼》《战国策》《家语》《乾坤凿度》《法言》《欧阳文》《东坡诗》《文献通考》等“抄读小引”，原抄不得见，甚为可惜。但我觉得最可惜的还是《徐文长集钞》，其小引云：

予极恶前人道过语。又曰：“书一，诗二，文三，画四。”此文长自评也。于我明得一徐渭。又曰：“无之而不奇。”此袁中郎评文长也。夫文长直前无古人矣，中郎虽刻意詈人，而终不能不借口文长。诗文累累，其自刻也有《文长集》，有《阙篇》，未刻者有《樱桃馆集》。会稽有商刻，山阴则有张刻，武陵则有程刻。《阙篇》笔多奇纤，与初集醇雅正平者大不相类。二集本亡阙者共十之二三，又无次序可稽。《樱桃馆》最晚作，家太史称益奇妙，惜乎邈不可见矣。商合三集而去取不当，字句差讹，尤为可惜。程云中郎帐中本，谬也，大约仍商而又加减焉，更可惜也。张刻《逸稿》，补商程之逸，而亦惜其不能全其逸也。文长尝谓杜工部集删半便是一库周鼎商彝，余于文长诗文亦云。抄竟而读之，余亦未尝不自惜其抄矣。是真有明一人也哉。

谈文长颇得中，想必抄得也得中，不佞虽有二三文长集，却苦无暇细读，安得有此好选本给我做一个桥上天灯哉。

陶筠庵名及申，字式南，据《越风》卷九云，会稽明经，生于明崇祯九年丙子（一六三六），盖石篑后人也。所著书有《笔猎》《四书博征》《字学类正》等，今所见仅《筠庵文选》一卷，存文九十五篇，收在《越中文献辑存书》中。宣统年中《绍兴公报》每日附刊越人遗著，此亦其一，金伯桢君（民国后改称刘大白）主其事，不知系根据何本，尝思一问究竟而荏苒不果，大白又遽归道山，至今念及犹以为恨也。

（二十六年五月七日）

关于杨大瓢

我想搜集一点乡贤著作，二十馀年来多少有所得，可是说到杨大瓢，却颇使我为难，他的著书不知怎的这么不容易入手。最初得到江氏文学山房活字本《铁函斋书跋》四卷，系民国初翻印杨氏筠石山房重编本者，只可备检阅而已。继得抄本《大瓢偶笔》八卷，似是道光时所写，卷首有印朱文曰会稽章氏藏书，末有朱笔题记云：

> 光绪乙巳九月重游广陵，适老友凌子与家书籍散出，旧抄本于奕正《天下金石志》及此册遂为余有。小阳九日粗读一过，校改十馀字，读毕漫记之。老硕。

此抄本字拙劣多谬误，读之不快，唯未经改编，又系章硕卿旧物，差为可取。未几乃求得杨氏所刻“偶笔”及“书跋”共十册，道光丁未年刊，距今尚不及百年，但似已不易得，总之书贾大有奇货之意矣。

嗣知有《晞发堂文集》四卷，亦系杨慰农所编而未刊之本，在书肆寄售，问之云是东莞伦氏之物，今南行未返，因不能得，稍觉可惜。但诗集却于无意中得了一部，《力耕堂诗稿》三卷，康熙中叶刊本，每卷首有朱文印曰摩西，又一印左旋读之曰黄人过目。盖是黄摩西氏故物，亦正可珍重也。大瓢著作我所有止此，虽慰情胜无，但若欲写文章，则材料岂够用哉。

沈确士《国朝诗别裁集》刊于乾隆二十四年，卷二十录大瓢诗五首，注云：

> 杨宾，字可师，浙江山阴人。考安城为友人累戍宁古塔，可师赴阙讼冤，得旨之柳条边迎亲归，作《柳边记略》，塞外人称杨夫子。书法不染宋元习气，诗体专主沉着，身后散如云烟矣，惟于其门人处得塞外诗一册，故所录皆辛苦愁惨之音。

以后见陶凫村《全浙诗话》卷四十六引《国朝诗录》，阮元《两浙輶轩录》卷八引沈德潜语，商宝意《越风》卷八记大瓢事，均即根据沈氏语，此外则惟《輶轩录》更引《苏州府志》流寓传耳。叶调生《鸥陂渔话》卷三有“杨大瓢之父遣戍事”一则，据所得大瓢杂文残稿中《祁奕喜李汝兼合传》，乃知所谓为友人累之详情，原传有云：

慈溪魏耕为兵部侍郎张煌言结客浙东西，班孙留之寓山，或经年不去，先府君亦时时过寓山与耕语。当是时，浙东名士竞以气节相尚，萧山李甲、归安钱缵曾与班孙，皆耕之所主也。有江阴无赖孔元章者遇耕西湖，自言从煌言所来，有所需，耕许之，既而觉其妄，批其颊，而耕所交元章多知之，于是伪为耕书抵缵曾，缵曾又殴之。元章遂之镇浙将军告变，捕缵曾等。……缵曾遗其妻书，以幼子属府君及甲，书为逻者所得。狱成，耕、缵曾皆死，甲同府君、班孙徙宁古塔。

杂文残稿后为大兴傅氏所得，拟编刻为“杨氏遗书五种”而未果，今又不知尚在天壤间否，但得叶氏引用，不独安城遣戍颠末大明，且全谢山《鲒埼亭集》文中谓李杨以葬魏雪窦事遣戍，其误亦可订正，则亦不无小补矣。又《吹网录》卷四有《柳边纪略》一则，甚致称美，傅节子《华延年室题跋》卷下有《题柳边纪略》二则，《铁函斋书跋》二则，《大瓢杂文残稿》一则，皆可参考。《柳边纪略》跋一云原书五卷，卷五为省亲诗，盖即所谓塞外诗一册也，唯傅氏据张石洲旧抄本校雠，谓《换车行》暨《至宁古塔》二首已选入《别裁集》，而字句颇有异同，疑出选者润色，不得据校。又跋二据《苏州府志》流寓传叙其省亲及请归葬事，云《别裁集》称其赴阙讼冤，得旨之柳条边迎亲归，殊为失考。大瓢之诗与行事为世人所知，盖实由于沈确士之绍介，唯传讹亦从此出，传文既少见，《纪略》《书跋》刊入《昭代丛书》壬集，《偶笔》《书跋》合刻，都是道光年间事，若叶调生著书则至同治季年始出版也。

《别裁集》谓大瓢诗身后散如云烟，惟于其门人处得《塞外诗》一册，此固是当时实情，《塞外诗》盖即《柳边纪略》末卷之《省亲诗》，后来谈大瓢诗者大抵亦只以此为依据，如《越风》选五首，《两浙輶轩录》选三首皆是。《力耕堂诗稿》似均未曾见，杨刊本《大瓢偶笔》卷头有《杨大瓢传》，不著撰人姓名，云所著有《塞外诗》三卷，三卷或指此稿，惟称塞外诗，则内容各别，又可知其不然矣。诗稿前有乙丑唐大陶，丁卯朱谨，丁巳张永铨各序，后有费密跋，看里边的诗大概作于康熙戊午至甲子之初，刊集至早在丁卯，大瓢其时年三十八岁，两年后为己巳，始出关省亲，故作《塞外诗》当在己巳庚午，此年代可考而知者也。卷一有七律题曰“姜定庵京兆归接宁古塔家谕”，末云：“可怜巢覆徒完卵，空负恩纶筑露台。”注云：“新例认工皆许还乡，寒家力薄，两吁未准。”考其时当是康熙十八年己未。卷二《书怀》一首，庚申年作，诗云：

宁古孤城沈阳北，沙黄草白乾坤黑，
父母投荒二十年，万里迢迢归未得。
近来当事亟筹边[①]，诏书屡促输金钱。
明许赎罪还乡井，共道白金须二千。
眼见松陵吴季子，朝入度支暮归里，
又闻燕山吕朝荫，脱却赭衣称柱史。
可怜漂泊覆巢儿，空囊赤手将安之。
富者掉头不肯顾，贫者叹息空踟蹰。

末二联从略，案由此可知在康熙二十年顷流人本可议赎，惟苦无资不能办，及庚午辛未，如大瓢传所记，邵嗣尧再疏请许赎，已在十年后，其时大瓢或已有资可筹，而邵疏为议者所阻，安城亦旋卒戍所矣。辛酉吴汉槎赎归，诗稿卷二中有诗二首，一题曰“吴汉槎先生自宁古塔归述两大人起居书感”，诗云：

吴王宫北日欲斜，车马纷纷人喧哗，
争道京师明相国，万里赎还吴汉槎。
汉槎先生姓氏熟，老父穷荒如骨肉，
今朝有力独能归，匍匐问讯吞声哭。

【锺校】

① “当事”原作“当宁”。

先生拭泪唤我名，执手为我数生平，
汝父初居土城外，论心夜夜入三更。
有酒呼我醉，有茶呼我烹，
家人妇子日相见，米盐琐琐同经营。
杏山吕氏教其子，汝父移家从此始，
一在城东一在西，白草黄沙二三里。
患难知交能几人，一日不见泪沾巾，
自此卜筑土城内，三年比屋情更真。
汝母毵毵头尽白，汝父须髯尚如戟，
常吟诗句慰亲朋，每拆家书动魂魄，
昨送江边无一言，相对相看双眼赤。
我闻此语心骨摧，奔走廿年终何益。
白日惨惨江水寒，风烟冥冥云汉碧，
侯门谁复脱骖人，屈辱终身我不惜。

此诗述安城状况，深切处可与《至宁古塔》二首相比，在别一方面又是吴汉槎入关之好资料。此后第三首诗亦关于汉槎者，题曰“送吴汉槎先生入都”，诗系七律，不具录。案前诗云吴王宫北，是汉槎曾归吴，大瓢乃往问讯，后又入都，故后诗首联云，故国才看万回里，征帆又带夕阳开。《吹网录》卷四《宁古塔纪略》一则中有云：

旧传汉槎归后即殁，或云在京，或云在途溺

水，其说不一。今观《纪略》只云文人薄命，溘焉捐馆，未著何年何地，而张（尚瑗）序则已明言归后疾卒。又大瓢书中记汉槎还病且死，犹思食宁古塔所居篱下蘑菇，则非在途溺水可信。

今又证以大瓢赠诗，可知溺水说确是无稽，大抵或以在京病殁为较近似乎。

大瓢的诗做得如何，因为自己不懂诗故不说，但是一件事觉得有点特别的，便是诗里的黍离麦秀之感。最显明的是卷一的《西湖杂咏六首》，今录其四五于下：

世事成今日，乾坤岂旧时。
有山皆白骨，何处听黄鹂。
塔院调新马，游船载健儿。
可怜湖上月，夜夜照燕支。

×

宝石春风到，燕支少妇来。
翠环垂耳戴，蟒幅称身裁。
钗脚镂新竹，靴尖碎落梅。
南屏山色暝，千骑柳营开。

此诗大概作于康熙己未，与张宗子写《西湖梦寻》序之辛亥相距不过八年，西湖的情形与诗人的感触当然亦无甚殊异，如宗子所云，及至断桥一望，凡昔日之弱柳夭桃，歌楼舞榭，如洪水湮没，百不存一；大瓢云歌舞人何在，莺花地已非，正是一样。唯大瓢不知怎的多拉上燕支，这与宗子不很相同了。《杂咏》里既加刻画，卷二又有“题满妆美人图次友人韵六首”，其二云：

燕支山下贵家儿，十五盈盈未嫁时，
拾得春宫深夜看，销魂未许侍儿知。

又其四云：

玉腕还思当枕眠，欹斜抱膝倩谁怜，
猩猩毡上跏趺[1]惯，端坐翻嫌欠自然。

本来的图不知画的怎么样，诗则确是题的不大敬。日前偶看《蒉猗室京俗词》，忽然得到很好的对照。这本是陈师曾所画的《北京风俗图》，共有三十四幅，每幅由姚茫父题词，据跋说是民国乙丑丙寅间所作，石印两册，第一幅即旗下仕女，随一小吧儿狗，茫父题《瑞鹧鸪》一阕云：

犹堪背影认前朝，山上焉支色暗销，
弄狗何曾知地厌，生儿不复号天骄。
连镶半臂红衣狭，一字平头翠髻高，
最是歌台争学步，程郎华贵尚郎娇。

【锺校】

① “跏趺”原作“跏跌”。

又画左题二诗七绝款曰青羊，五绝无款，游戏固大佳，但不可少蕴藉之趣，兹故未录。相隔二百四十年，画家诗人都以此为题材，正是偶然之至的事情，觉得亦值得一提，将来如能搜到更多的资料，想再来一番考索，现在暂且不多说了。

（二十九年六月十日）

【附记】 今年夏承杨氏后人见示“杨子日记”，系大瓢手稿，记康熙丁亥一年间事，甚可珍重，因借抄得一本，日后如有机缘，甚愿为之刊行，亦绝好传记资料也。

（三十年十月廿八日记）

【附录】

题《杨大瓢日记》

昔日偶然得到杨大瓢《力耕堂诗稿》《函斋题跋》及《大瓢偶笔》抄本，因写《关于杨大瓢》一文，于民国二十九年发表于杂志上，至三十年夏，乃承杨氏后人以杨子日记一册见示，系大瓢手笔，记康熙丁亥一年间事，甚可珍重，因借抄得一本，即此是也。

一九六三年五月三十日，知堂。

关于范爱农

偶然从书桌的抽屉里找出一个旧的纸护书来，检点里边零碎纸片的年月，最迟的是民国六年三月的快信收据，都是我离绍兴以前的东西，算来已经过了二十一年的岁月了。从前有一张太平天国的收条，记得亦是收藏在这里的，后来送了北京大学的研究所国学门，不知今尚存否。现在我所存的还有不少资料，如祖父少时所作艳诗手稿，父亲替人代作祭文草稿，在我都觉可珍重的，实在也是先人唯一的手迹了，除了书籍上尚有一二题字以外。但是这于别人有什么关系呢，可以不必絮说。护书中又有鲁迅的《哀范君三章》手稿，我的抄本附自作诗一首，又范爱农来信一封。（为行文便利起见，将诗写在前头，其实当然是信先来的。又鲁迅这里本该称豫才，却也因行文便利计而改称了。）这几页废纸对于大家或者不无一点兴趣，假如读过鲁迅的《朝华夕拾》的人不曾忘记，末了有一篇叫作《范爱农》的文章。鲁迅的文章里说在北京听到爱农溺死的消息以后：

一点法子都没有，只做了四首诗，后曾在一种日报上发表，现在将要忘记了，只记得一首里的六句，起首四句是，“把酒论天下，先生小酒人。大圜犹酩酊，微醉合沉沦”。中间忘掉两句，末了是“旧朋云散尽，余亦等轻尘”。

日本改造社译本此处有注云：

此云中间忘掉两句，今《集外集》中有哭范爱农一首，其中间有两句乃云：“幽[①]谷无穷夜，新宫自在春。”

原稿却又不同，今将全文抄录于下，以便比较。

哀范君三章

其一

风雨飘摇日，余怀范爱农。
华颠萎寥落，白眼看鸡虫。
世味秋荼苦，人间直道穷。
奈何三月别，遽尔失畸躬。

其二

海草国门碧，多年老异乡。

【锺校】

①“幽”原作“出”。

狐狸方去穴，桃偶尽登场。

故里彤云恶，炎天凛夜长。

独沉清洌水，能否洗愁肠。

其三

把酒论当世，先生小酒人。

大圜犹酩酊，微醉自沉沦①。

此别成终古，从兹绝绪言。

故人云散尽，我亦等轻尘。

题目下原署真名姓，涂改为黄棘二字，稿后附书四行，其文云：

> 我于爱农之死为之不怡累日，至今未能释然。昨忽成诗三章，随手写之，而忽将鸡虫做入，真是奇绝妙绝，辟历一声……今录上，希大鉴定家鉴定，如不恶乃可登诸《民兴》也。天下虽未必仰望已久，然我亦岂能已于言乎。二十三日，树又言。

这是信的附片，正张已没有了，不能知道是哪一月，但是在我那抄本上却有点线索可寻。抄本只有诗三章，无附言，因为我这是抄了去送给报馆的，末了却附了我自己的一首诗。

【锺校】

①“沦”原作“伦”。

哀爱农先生

天下无独行，举世成萎靡。

皓皓范夫子，生此寂寞时。

傲骨遭俗忌，屡见蝼蚁欺。

坎壈终一世，毕生清水湄。

会闻此人死，令我心伤悲。

峨峨使君辈，长生亦若为。

这诗不足道，特别是敢做五古，实在觉得差得很，不过那是以前的事，也没法子追悔，而且到底和范君有点相干，所以录了下来。但是还有重要的一点，较有用处的乃是题目下有小注“壬子八月”四个字，由此可以推知上边的二十三日当是七月，爱农的死也即在这七月里吧。

据《朝华夕拾》里说，范君尸体在菱荡中找到，也证明是在秋天，虽然实在是蹲踞而并非如书上所说的直立着。我仿佛记得他们是看月去的，同去的大半是《民兴报》馆中人；族叔仲翔君确是去的，惜已久归道山，现在留在北方的只有宋紫佩君一人，想他还记得清楚，得便当一问之也。所谓在一种日报上登过，即是这《民兴报》，又四首乃三首之误，大抵作者写此文时在广州，只凭记忆，故有参差，旧日记中当有记录可据，但或者诗语不具录亦未可知，那么这一张底稿也就很有留存的价值了。

爱农的信是三月二十七号从杭州千胜桥沈寓所寄，有杭省全盛源记信局的印记，上批“局资例”，杭绍间信资照例是十二文，因为那时是民国元年，民间信局还是存在。原信系小八行书两张，其文如下：

豫才先生大鉴：晤经子渊暨接陈子英函，知大驾已自南京回。听说南京一切措施与杭绍鲁卫，如此世界，实何生为。盖吾辈生成傲骨，未能随逐波流，惟死而已，端无生理。弟于旧历正月二十一日动身来杭，自知不善趋承，断无谋生机会，未能抛得西湖去，故来此小作勾留耳。现因承蒙傅励臣函邀担任师校监学事，虽未允他，拟阳月杪返绍一看，为偷生计，如可共事或暂任数月。罗扬伯居然做第一科课长，足见实至名归，学养优美。朱幼溪亦得列入学务科员，何莫非志趣过人，后来居上，羡煞羡煞。令弟想已来杭，弟拟明日前往一访。相见不远，诸容面陈，专此敬请著安。弟范斯年叩，廿七号。

《越铎》事变化至此，恨恨，前言调和，光景绝望矣。又及。

这一封信里有几点是很可注意的。绝望的口气，是其一。挖苦的批评，是其二。信里与故事里人物也有接触之处，如傅励臣即孔教会会长之傅力臣，朱幼溪即接收学校之科员，《越铎》即骂都督的日报，不过所指变化却并不是报馆案，乃是说内部分裂，《民兴》即因此而产生。鲁迅诗云，桃偶尽登场，又云，白眼看鸡虫，此盖为范爱农悲剧之本根，他是实实[①]被挤得穷极而死也。鲁迅诗后附言中于此略有所说及，但本系游戏的廋辞，释明不易，故且从略，即如天下仰望已久一语，便是一种典故，原出于某科员之口头，想镜水稽山间曾亲闻此语者尚不乏其人欤。信中又提及不佞，则因尔时承浙江教育司令为视学，唯因家事未即赴任，所以范君杭州见访时亦未得相见也。

《朝华夕拾》里说爱农戴着毡帽，这是绍兴农夫常用的帽子，用毡制成球状，折作两层如碗，卷边向上，即可戴矣。王府井大街的帽店中今亦有售者，两边不卷，状如黑羊皮冠，价须一圆馀，非农夫所戴得起，但其质地与颜色则同，染色不良，戴新帽少顷前额即现乌青，两者亦无所异也。改造社译本乃旁注毡

【锺校】

①“实”原作“别”。

字曰皮罗独，案查大槻文彦著《言海》，此字系西班牙语威路达之音读，汉语天鹅绒，审如所云，则爱农与绍兴农夫所戴者当[①]是天鹅绒帽，此事颇有问题，爱农或尚无不可，农夫如闰土之流实万万无此雅趣耳。改造社译本中关于陈子英有注云："姓陈名浚，徐锡麟之弟子，当时留学东京。"此亦不甚精确。子英与伯荪只是在东湖密谋革命时的同谋者，同赴日本，及伯荪在安庆发难，子英已回乡，因此乃再逃往东京，其时当在争电报之后。又关于王金发有注云："真姓名为汤寿潜。"则尤大误。王金发本在嵊县为绿林豪客，受光复会之招加入革命，亦徐案中人物，辛亥绍兴光复后来主军政，自称都督，改名王逸，但越人则唯知有王金发而已。二次革命失败后，朱瑞为浙江将军，承袁世凯旨诱金发至省城杀之，人民虽喜得除[②]一害，然对于朱瑞之用诈杀降亦弗善也。汤寿潜为何许人，大抵在杭沪的人总当知道一点，奈何与王金发相溷。改造社译本注多有误，如平地木见于《花镜》，即日本所谓薮柑子，注以为出于内蒙古某围场。又如揍字虽是北方方言，却已见于《七侠五义》等

【锺校】

①"当"原作"常"。

②此处原衍"得"字，已删。

书，普通也只是打的意思耳，而注以为系猥亵语，岂误为草字音乎。因讲范爱农而牵连到译本的注，今又牵连到别篇上去，未免有缠夹之嫌，遂即住笔。

（廿七年二月十三日）

玄同纪念

玄同于一月十七日去世，于今百日矣。此百日中，不晓得有过多少次，摊纸执笔，想要写一篇小文给他作纪念，但是每次总是沉吟一回，又复中止。我觉得这无从下笔。第一，因为我认识玄同很久，从光绪戊申在《民报》社相见以来，至今已是三十二年，这其间的事情实在太多了，要挑选一点来讲，极是困难。——要写只好写长篇，想到就写，将来再整理，但这是长期的工作，现在我还没有这馀裕。第二，因为我自己暂时不想说话。《东山谈苑》记倪元镇为张士信所窘辱，绝口不言，或问之，元镇曰，一说便俗。这件事我向来是很佩服，在现今无论关于公私的事有所声说，都不免于俗，虽是讲玄同也总要说到我自己，不是我所愿意的事。所以有好几回拿起笔来，结果还是放下。但是，现在又决心来写，只以玄同最后的十几天为限，不多讲别的事，至于说话人本来是我，好歹没有法子，那也只好不管了。

廿八年一月三日，玄同的大世兄秉雄来访，带来玄同的一封信，其文曰：

> 知翁：元日之晚，召诒坌息来告，谓兄忽遇狙，但幸无恙，骇异之至，竟夕不宁。昨至丘道，悉铿诒炳扬诸公均已次第奉访，兄仍从容坐谈，稍慰。晚，铁公来详谈，更为明了。唯无公情形，迄未知悉，但祝其日趋平复也。事出意外，且闻前日奔波甚剧，想日来必感疲乏，愿多休息，且本平日宁静乐天之胸襟加意排解摄卫！弟自己是一个浮躁不安的人，乃以此语奉劝，岂不自量而可笑，然实由衷之言，非劝慰泛语也。旬日以来，雪冻路滑，弟懔履冰之戒，只好家居，惮于出门，丘道亦只去过两三次，且迂道黄城根，因怕走柏油路也。故尚须迟日拜访，但时向奉访者探询尊况。顷雄将走访，故草此纸。龥闇白。廿八，一，三。

这里需要说明的只有几个名词。丘道即是孔德学校的代称，玄同在那里有两间房子，安放书籍兼住宿，近两年觉得身体不好，住在家里，但每日总还去那边，有时坐上小半日。龥闇是其晚年别号之一，去年冬天曾以一纸寄示，上钤好些印文，都是新刻的，有肆觚，觚叟，觚庵居士，逸谷老人，忆菰翁等。这大都是疑古二字变化来，如逸谷只取其同音，但有些也兼含意义，如"觚""觚"本同一字，此处用为小学家的表征，菰乃是吴兴地名，此则有敬乡之意存焉。玄同又自号鲍山病叟，据说鲍山亦在吴兴，与金盖山相近，先代坟墓皆在其地云。曾托张樾丞刻印，八月六日有信见告云：

日前以三孔子赠张老丞，蒙他见赐疒叟二字，书体似颇不恶，盖颇像百衲本《廿四史》第一种宋黄善夫本《史记》也。唯看上一字，似应云，像人高踞床阑干之颠，岂不异欤！老兄评之以为何如？

此信原本无标点，印文用六朝字体，疒字左下部分稍右移居画下之中，故云然，此盖即鲍山疒叟之省文也。

十日下午玄同来访，在苦雨斋西屋坐谈，未几又有客至，玄同遂避入邻室，旋从旁门走出自去。至十六收来信，系十五日付邮者，其文曰：

起孟道兄：今日上午十一时得手示，即至丘道交与四老爷，而祖公即于十二时电四公，于是下午他们（四与安）和它们（《九通》）共计坐了四辆洋车将这书点交给祖公了。此事总算告一段落矣。日前拜访，未尽欲言，即挟《文选》而走。此《文选》疑是唐人所写，如不然，则此君模唐可谓工夫甚深矣。……（案，此处略去五句三十五字）研究院式的作品固觉无意思，但鄙意老兄近数年来之作风颇觉可爱，即所谓“文抄”是也。“儿童……”（不记得那天你说的底下两个字了，故以虚线号表之）也太狭（此字不妥），我以为“似尚宜”用“社会风俗”等类的字面（但此四字更不妥，而可以意会，盖即数年来大作那类性质的文章，——愈说愈说不明白了），先生其有意乎？……（案，此处略去七句六十九字）旬日之内尚拟拜访面罄，但窗外风声呼呼，明日似又将雪矣，泥滑滑泥，行不得也哥哥，则或将延期矣。先公病状如何？有起色否？甚念！弟师黄再拜。廿八，一，十四，灯下。

这封信的封面上写鲍缄，署名师黄则是小时候的名字，黄即是黄山谷。所云《九通》，是李守常先生的遗书，其后人窘迫求售，我与玄同给他们设法卖去，四祖诸公都是帮忙搬运过付的人。这件事说起来话长，又有许多感慨，总之在这时候告一段落，是很好的事。信中略去两节，觉得很是可惜，因为这里讲到我和他自己的关于生计的私事，虽然极有价值有意思，却亦就不能发表。只有关于《文选》，或者须稍有说明。这是一个长卷，系影印古写本的一卷《文选》，有友人以此见赠，十日玄同来时便又转送给他了。

我接到这信后即发了一封回信去，但是玄同就没有看到。十七日晚得钱太太电话，云玄同于下午六时得病，现在德国医院。九时顷我往医院去看，在门内廊下去遇见稻孙、少铿、令扬、炳华诸君，知道情形已是绝望，再看病人形势刻刻危迫，看护妇之仓皇与医师之紧张，又引起十年前若子死时的情景，乃于九点三刻左右出院径归，至次晨打电话问少铿，则玄同于十时半顷已长逝矣。我因行动不能自由，十九日大殓以及二十三日出殡时均不克参与，只于二十一日同内人到钱宅一致吊奠，并送去挽联一副，系我自己所写，其词曰：

戏语竟成真，何日得见道山记；

同游今散尽，无人共话小川町。

这挽对上本撰有小注，临时却没有写上去。上联注云：

前屡传君归道山，曾戏语之曰，道山何在，无人能说，君既曾游，大可作记以示来者。君殁之前二日有信来，覆信中又复提及，唯寄到时君已不及见矣。

下联注云：

余识君在戊申岁，其时尚号德潜，共从太炎先生听讲《说文解字》，每星期日集新小川町《民报》社。同学中龚宝铨、朱宗莱、家兄树人均先殁，朱希祖、许寿裳现在川陕，留北平者唯余与玄同而已。每来谈，常及尔时出入《民报》社之人物，窃有开天遗事之感，今并此绝响矣。

挽联共作四副，此系最后之一，取其尚不离题，若太深切便病晦或偏，不能用也。

关于玄同的思想与性情有所论述，这不是容易的事，现在亦还没有心情来做这种难工作，我只简单的一说在听到凶信后所得的感想。我觉得这是一个大损失。玄同的文章与言论，平常看去似乎颇是偏激，其实他是平正通达不过的人。近几年和他商量孔德学校的事情，他总是最能得要领，理解其中的曲折，寻出一条解决的途径，他常诙谐的称为贴水膏药，但在我实在觉得是极难得的一种品格，平时不觉得，到了不在之后方才感觉可惜，却是来不及了，这是真的可惜。老朋友中间玄同和我见面时候最多，讲话也极不拘束而且多游戏，但他实在是我的畏友。浮泛的劝诫与嘲讽虽然用意不同，一样的没有什么用处。玄同平常不务苛求，有所忠告必以谅察为本，务为受者利益计，亦不泛泛徒为高论，我最觉得可感，虽或未能悉用而重违其意，恒自警惕，总期勿太使他失望也。今玄同往矣，恐遂无复有能规诫我者。这里我只是少讲私人的关系，深愧不能对于故人的品格学问有所表扬，但是我于此破了二年来不说话的戒，写下这一篇小文章，在我未始不是一个大的决意，姑以是为故友纪念可也。

（民国廿八年四月廿八日）

记蔡孑民先生的事

蔡孑民先生原籍绍兴山阴，住府城内笔飞坊，吾家则属会稽之东陶坊，东西相距颇远，但两家向有世谊，小时候曾见家中有蔡先生的朱卷，文甚难懂，详细已不能记得。光绪辛丑至丙午我在江南水师学堂，这其间大约是癸卯罢，蔡先生回绍兴去办劝学所，有同学前辈封君传命，叫我回乡帮忙，因为不想休学，正在踌躕，这时候蔡先生也已辞职，盖其时劝学所（或者叫作学务公所亦未可知）的所长月薪三十元，在乡间是最肥缺，早已有人设法来抢了去了。以后十二年倏忽过去，民国五年冬天蔡先生由欧洲回国，到故乡来，大家欢迎他，在花巷布业会馆讲演，我也去听，那时我在第五中学教书兼管教育会事，蔡先生来会一次，我往笔飞坊拜访，都不曾会见。不久蔡先生往北京，任北京大学校长之职，六年春天写信见招，我于四月抵京，蔡先生来绍兴会馆见访，这才是初次的见面。当初他叫我担任希腊罗马及欧洲文学史、古英文，但见面之后说只有美学需人，别的功课中途不能开设，此外教点预科国文吧，这些都非我所能胜任，本想回家，却又不好意思，当时国史馆刚由北京大学接收，改为国史编纂处，蔡先生就派我为编纂员之一，与沈兼士先生二人分管英日文的资料，这样我算进了北京大学了。

民国六年八月我改任北京大学文科教授仍暂兼了编纂员一年，自此以后至二十六年，我一直在北京大学任职。民六至民八，北京大学文理科都在景山东街，我们上课馀暇常顺便至校长室，与蔡先生谈天，民八以后文科移在汉花园，虽然相距亦只一箭之遥，非是特别有事情就不多去了。还有一层，五四运动前后文化教育界的空气很是不稳，校外有《公言报》一派日日攻击，校内也有响应，黄季刚谩骂章氏旧同门曲学阿世，后来友人都戏称蔡先生为“世”，往校长室为阿世去云。我那时在国文学系与《新青年》社都是票友资格，也就站开一点，不常去谈闲天，可是我觉得对于蔡先生的了解也还相当的可靠。民六的夏天，北京闹过公民团，接着是督军团，张勋作他们的首领，率领辫子兵入京，我去访蔡先生，这时已是六月末，我问他行止如何，蔡先生答说，只要不复辟，我是不走的。查旧日记，这是六月廿六日事，阅四日而复辟事起。这虽似一件小事，但是我很记得清楚，至今不忘，觉得他这种态度甚可佩服。蔡先生貌很谦和，办学主张古今中外兼容并包，可是其精神却又强毅，认定他所要做的事非至最后不肯放手，其不可及处即在于此。此外尽多有美德，但在我看来最可佩服的总要算是这锲而不舍的态度了。

蔡先生曾历任教育部、北京大学、大学院、研究院等事，其事业成就彰彰在人耳目间，毋庸细说，若撮举大纲，当可以中正一语该之，亦可称之曰唯理主义。其一，蔡先生主张思想自由，不可定于一尊，故在民元废止祭孔，其实他自己非是反对孔子者，若论其思想，倒是真正之儒家也。其二，主张学术平等，废止以外国语讲书，改用国语国文，同时又设立英法德俄日各文学系，俾得多了解各国文化。其三，主张男女平等，大学开放，使女生得入学。以上诸事，论者所见不同，本亦无妨，以我所见则悉合于事理，若在现今社会有所扞格，未克尽实行，此乃是别一问题，与是非盖无关者也。蔡先生的教育文化上的施为既多以思想主张为本，因此我以为他一生的价值亦着重在思想，至少当较所施为更重。蔡先生的思想有人戏称之为古今中外派，或以为近于折衷，实则无宁解释兼容并包，可知其并非是偏激一流，我故以为是真正儒家，其与前人不同者，只是收容近世的西欧学问，使儒家本有的常识更益增强，持此以判断事物，以合理为止，故即可目为唯理主义也。《蔡孑民先生言行录》二册，成于民国八九年顷，距今已有二十年，但仍为最好的结集，如诸公肯细心一读，当信吾言不谬。在这以前有《中国伦理学史》一卷，还是民国前用蔡振名义所著，近年商务印书馆又收入“中国文化丛书”中，虽是三十馀年前的小册子，至今却还没有比他更好的书，这最足以表现他的态度，我想正是他最重要的功绩。说到最近则是民国二十三年，在《安徽丛书》第三集《俞理初年谱》中有他的一篇跋文，也值得注意，其时蔡先生盖是六十八岁矣。起头便云：

> 余自十馀岁时，得俞先生之《癸卯类稿》及《存稿》而深好之，历五十年而好之如故。

文中分认识人权与认识时代两项，列举俞氏思想公平通达处，而于主张男女平等尤为注重，此与《伦理学史》所说正是一致，可知非是偶然。我最爱重汉王仲任、明李卓吾、清俞理初这三位，尝称为中国思想界不灭之三灯，曾以语亡友玄同，颇表赞可，蔡先生在其书中盖亦有同意也。王仲任提示宗旨曰疾虚妄，李卓吾与俞理初亦是一路，其特色是有常识，唯理而复有情，其实即是儒家的精髓，惜一般多已枯竭，遂以偶有为奇怪耳。王君自昔不为正人君子所齿，李君乃至以笔舌之祸杀身，俞君幸而隐没不彰，至今始为人表而出之，若蔡先生自己因人多知其名者，遂不免有时被骂，世俗声影之谈盖亦是当然，唯不佞对于知不知略有自信，亦自当称心而言，原不期待听者之必以我为是也。

我与蔡先生平常不大通问，故手头别无什么遗迹可以借用，只有民国廿三年春间承其寄示和我茶字韵打油诗三首，其二是和自寿诗，均从略，一首题云《新年用知堂老人自寿韵》，别有风趣，今录于下方：

新年儿女便当家，不让沙弥袈了裟。

（吾乡小孩子留发一圈而剃其中边者，谓之沙弥。《癸巳存稿》三，《精其神》一条引“经了筵阵了亡”等语，谓此自一种文理。）

鬼脸遮颜徒吓狗，龙灯画足似添蛇。

六幺轮掷思赢豆，数语蝉联号绩麻。

（吾乡小孩子选炒蚕豆六枚，于一面去壳少许，谓之黄，其完好一面谓之黑，二人以上轮掷之，黄多者赢，亦仍以豆为筹马。以成语首字与其他末字相同者联句，如甲说“大学之道”，乙接说“道不远人”，丙接说“人之初”等，谓之绩麻。）

乐事追怀非苦话，容吾一样吃甜茶。

（吾乡有“吃甜茶讲苦话”语。）

署名则仍是蔡元培，并不用别号。此于游戏之中自有谨厚之气，我前谈《春在堂杂文》时也说及此点，都是一种特色。蔡先生此时已年近古稀，而记叙新年儿戏情形，细加注解，犹有童心，我的年纪要差二十岁，却还没有记得那样清楚，读之但有怅惘，即在极小处前辈亦自不可及也。

报载蔡先生于三月五日以脑溢血卒于九龙，因写此小文以为纪念。

（廿九年三月六日）

《元元唱和集》

前回在一篇关于朱舜水的文章里，引用《先哲丛谈》，牵连的说到陈元赟。据芳贺矢一的《日本汉文学史》，今关天彭的《日本流寓之明末诸士》，小畑利三郎的《淮王常清与陈元赟之诸研究》，查出陈氏的生平约略如下：陈元赟，字义都，别号既白山人，又称菊秀轩，浙江杭州人，生于万历十五年，天启元年与沈茂人共随单翔凤至日本京都，持福建总兵公文，来议倭寇事，留三月馀，不得要领而回，曾与林罗山唱和，见罗山集中。归国后应会试不第，崇祯十一年再至日本，遂留住不去，其后为尾张藩主毛利义直客，居于名古屋，与诗僧元政相识，作诗唱酬，著有《元元唱和集》，二人诗各一卷。宽文十一年（清康熙十年）卒，年八十五岁。元赟多才技，能拳术，知建筑及制陶，均传于日本，又名古屋有茶食曰板元赟，亦其所创制也。他在日本的影响，与朱舜水的不同，大抵不在学术方面，我觉得一块点心的流传，实在要比一卷书还有意味，不过这里也还只是且谈谈他的诗文耳。

元赟著有《老子通考》四册，只在图书馆看到，我所有的只是一部两册的《元元唱和集》。集内元政、元赟诗各一卷，二人互为序，题宽文二年，次年刊行，即西历一六六三年。我这一部新从名古屋买来，旧敝多虫蛀，末页有墨笔题记二行云：此书上下二册，以清酒一升，从僧贞中易得。贞中不知是何时人，盖亦是风雅和尚，配得读元政诗者，唯清酒时价一升值至十元，亦已大不廉矣。《先哲丛谈》卷二纪元赟能娴此邦语，故常不用唐语，引元政诗。今案原诗悉见《唱和集》中，其一人无世事交常淡，客惯方言谈每谐，原题云《谢元赟翁来访》，其二为《送元赟老人之尾阳诗》十首之三，全诗凡五韵，今录于下：

邂逅遇尾城，至今已四载。
今年会洛阳，来往劳孤拐。
清谈无点俗，相忘如痴骇。
君能言和语，乡音舌尚在。
久狎十知九，旁人犹未解。

元赟和诗，其一云公是道安能说法，我非曼倩好诙谐，尚有意趣。其二末四句云：

方言不须译，却有颖舌在。

坐久笑相视，眉语神自解。

有如角觝，工力便不能相敌。盖元政受五山文学的流派，自有洒脱之趣，元赟则乙榜出身，犹多縶缚，二人虽同是景仰袁中郎者，其造就自不免有异也。《唱和集》中元政《送元赟之尾阳》十诗，有小序云系用袁石公《别陶石篑》韵，文中说明其缘起云：

余尝暇日与元赟老人共阅近代文士雷何思、钟伯敬、徐文长等集，特爱袁中郎之灵心巧发，不藉古人，自为诗为文焉。今兹九月之初，既夜正长而风遽冷，寂寂不睡，灯下拥被，独阅石公之集，读至别石篑诗，忽感近日老人将有尾阳之行矣，因效石公韵，缀狂斐十首，以拟阳关曲。

《先哲丛谈》卷二云：

元政诗文慕袁中郎，此邦奉袁中郎盖以元政为首，而元政本因元赟知有中郎也。元政书曰：数日之前探市，得袁中郎集，乐府妙绝，不可复言，《广庄》诸篇识地绝高，《瓶史》风流，可想见其人，又赤牍之中言佛法者其见最正，余颇爱之，因足下之言知有此书，今得之读之，实足下之赐也。

元政所著《草山集》前后三十卷，仓卒不得见，《唱和集》中有《和李梁谿戒酒诗》，小序云：

> 余尝答人书漫论文章曰：所谓有德者必有言，有言者不必有德，盖流自性灵者有德之言也，出自模拟者不必有德之言也。流自性灵者或虽不整齐而无痕，出自模拟者虽是整齐未必无痕，余虽不知文章，于此二者暗中摸索亦可知也。何者，言即心之迹也，因迹求心，虽不中不远矣。由此言之，世之好文章者，不本道德，徒拾古人之唾馀，以为得巧，可耻之甚也。

此意亦原本公安，而说得颇妙，以道德与性灵合为一，尤有意义，其时钱受之辈正在力斥袁钟，而深草上人乃能知爱好，大可佩服矣。日本汉文学中一时亦盛行七子派拟古典诗文，山本北山著《作诗志彀》等书，尊中郎而反于鳞，排斥模拟，提倡性灵，开辟一新途径，《志彀》序题天明壬寅，距元政时盖正是甲子一周。元政本名石井吉兵卫，二十六岁出家为日莲宗僧，居深草之瑞光寺，供养父母竭尽孝敬，后两亲同年以八十七岁殁，阅二七日元政亦卒，年四十六。作辞世和歌，意云：深草的元政和尚死了，虽是自家事，也觉得可哀。又遗命不建石塔，但于墓上种竹二三株。元政有《竹叶庵诗》十首为世所称，见《唱和集》中，其一云：

屋前竹叶垂，屋后竹叶隔，
屋上竹叶覆，中有爱竹客。

此盖足以为其墓志铭矣。

（廿九年八月廿四日）

《四鸣蝉》

近代日本文学作品，由本国人翻为汉文，木刻出板者，在江户时代中期大约不很少，我在北京所见已有三种。其一是《艳歌选》，十四年春间所写的《茶话》中第六则即是介绍这书的，略云：

《艳歌选》初编一卷，乌有子著，日本安永五年（一七七六）刻板，现藏东京上野图书馆中，原书未得见，仅有抄录一部分，收在汤朝竹山人所编《小呗选》内，计二十六首，首列俗歌原本，后加汉译。卷首凭虚氏汉文序有云：

“乌有先生尝游酒肆，每闻妓歌，便援笔诗之，断章别句，纵横变化，翻得而妙矣。”

又例言之二云：

里巷歌谣，率出于流俗儿女之口，而翻之以成诗，自不得浑雅矣，间亦有翻难翻者，殆不免牵强焉，总是杯酒馀兴，聊自玩耳。而或人刊行于世，盖欲使幼学之徒悦而诵之，习熟通晓，乃至于诗道也。固非近时狡儿辈侏离之言，自以为诗为文，锲诸梨枣，但供和俗顾笑，假使华人见之则不知何言之比也，世人幸详焉。

他的译诗可以知道是不很信的，但是有几首却是实在译得不坏，不过他是学绝句和《子夜歌》的，所以其好处也只是汉诗的好处，至于日本俗歌的趣味则几乎不大有了。当时曾转录九首以为例，今引用其一云：

郎意欲迎妾，妾身那得行？

行程五百里，风浪转相惊。

其二是《海外奇谈》。此书一名《日本忠臣库》，为《假名手本忠臣藏》之译本，题清鸿濛陈人重译，有序云：

鸿蒙子尝阅市获奇书，题曰《忠臣库》，披之则稗史之笔迹，而录海外报仇之事，谓好事家译异域之俳优戏书也，惜哉其文鄙俚错误有不可读者，是以追卓老《水浒》之迹，润色订补，以备游宴之谈柄焉耳。

后署乾隆五十九年，即一七九四年，后来尚有翻本，故不难得，寒斋所有即明治时印本也。

《假名手本忠臣藏》为竹田出云等所撰，记元禄十五年赤穗四十七义士报仇事，假设盐冶判官冤死，家臣大星由良之助等共杀怨家高师直，为同类义士剧中之代表作，上台演唱，至今垂二百年不绝。此为净琉璃体，且说且唱，凡十一段，今译本改为十回，又作演义体裁，虽文气不能十分通畅，而模仿颇近似，所用明清小说中语亦有甚妙者，大抵所最难是安放得停当耳。《忠臣藏》本来是音曲，改为说部则但存本事，失去原文的藻饰，犹之莎翁喜剧，一变而为《吟边燕语》，其得失亦自易见也。

其三是《四鸣蝉》。这才是要谈的本题，其实也谈不了许多，只是说说梗概而已。此书一册，明和八年（一七七一）刊，题亭亭亭逸人译，堂堂堂主人训，其时为乾隆三十六年，法梧门正是十九岁，以第二名入学云。堂堂堂有序文，自称白虎居士，印文二，曰姓不唐，曰似园芙蓉。亭亭亭有解说曰《填词引》，则说明日本词曲之种类者也。书中凡收译文四篇，依原目分记于下：

一、雅乐　惜花记

二、同　　扇芝记

三、俗剧　移松记

四、傀儡　曦铠记

首叶栏外横题曰“才子刊书”，卷中各篇起首栏外题曰才子刊书一百十七，以至一百二十。案序文末云："标才子者，聊取其奇也。刊书不刊，多言无益，鸣蜩何异。数其篇，四焉，题曰《四鸣蝉》也，是之取尔。"说明书名，颇有意思，唯所谓刊书不知究竟如何，岂百二十中止刊此四耶，惜无可考究矣。

这里所谓雅乐即是能乐，其词谓之谣曲，所收两篇皆世阿弥元清所作，时在日本南北朝，西历十四世纪也。《惜花记》原名《熊野》，亦作《汤屋》，译文中对音云瑜耶，乃剧中女主人公之名。熊野本为远江池田宿游女之长，为平宗盛所宠，召至京都，欲归省母病，不蒙许可，强令侍从看花，以观音力，使宗盛读诗感悟，因得东归。当时熊野咏诗，如译本云：何弃锦城如绣春，又惜乡里园花散，《惜花记》改题即从此出。《扇芝记》原名《赖政》，亦是主人公之名，是分两场，第一场有僧云游至宇治，源赖政之灵化为老翁，引之游览，至平等院，见青草生作扇形，为僧说过去因缘，赖政战败，于此敷扇草上，坐而自刃，至今留草形如扇，以为纪念，日本读芝云西巴，即青草也。第二场则赖政于僧梦中现形，陈说当年战死之情状。能乐多是两场，中间主角进去更衣，由狂言师扮一二人，略作说白，多近于打诨，使舞台不空虚，此脚色称曰"间"，即中间之意。平常书本止列谣词，而此本则并存间之狂言。《熊野》虽只是一场，而在破之前后场中间，亦有一段，此亦颇有意思。引言中云：“小收分前后，词曲也，有男优，有女优，动有淫态亵[1]语，大不似申乐严正且雅驯。”此即是说间曲，所云申乐即猿乐，谓谣曲之能乐也。《熊野》之“间”乃是使女夕颜与仆人剑持太郎，《赖政》则是土民朽松，所演与本文多少相关，但其风趣则与狂言殊相似也。

以上两篇所译系全文，馀则只是其中的一段而已。《移松记》原名《山崎与次兵卫寿之门松》，为近松巢林子所作净琉璃傀儡剧本之一，后由宫古路半中改为歌舞[2]使用，称《山崎与次兵卫半中节》，汉译即以此本为依据，故标题曰俗剧。剧中叙与次兵卫恋慕名妓吾妻，中经患难，吾妻与之偕逃，而与次兵卫发狂，各地浪游，后为侠友所助，得以团圆，狂疾亦愈。今本所收为“物狂道行”一段，即叙二人游行事也。《曦铠记》原名《大塔宫曦铠》，竹田出云所作之净琉璃剧本，用于傀儡戏者，本有五卷，今所收为卷三中之“身代音头”一段，为最有名的部分。剧中叙北条氏欲废立，示意斋藤太郎左卫门袭杀王子，

【锺校】

①“亵”原作“艺”。

②“歌舞”原作“舞歌”。

永井宣明建言俟王子与群儿歌舞时斩之，而夫妇密谋以其子鹤千代为替代，及视斋藤所斩乃是别一小儿，宣明讶问，始知此是土岐赖员之子，即斋藤外孙也。“身代音头”即指此，译本谓替身踊场，殊难得恰好。斋藤虽尽忠王室，唯以身为北条氏部属，及兵败亦自杀以殉云。戏曲本事，略述难得要领，详说又易烦杂，今止从略，但亦已觉得辞繁而意仍不能达，苦矣。

统观这四篇的内容，不得不说译本的选择很有道理，也很确当。《熊野》是谣曲中之鬘物（女剧），艳丽中有悲哀的气味，《赖政》则是修罗物（战斗剧），行脚僧遇鬼雄化身，后又现身自述，与佛法结缘得度，为照例的结构，而赖政乃是忠勇儒雅的武将，与一般鬼雄不同，剧中所表示者有志士之遗恨而无修罗的烦恼，正自有其特色。《寿之门松》本为净琉璃之世话物（社会剧），大抵以恋爱为葛藤，以死为归结，此剧之团圆正是极少的例，“道行”一段在剧中是精彩处，即行道中之歌也。《曦铠》则为时代物（历史剧），斋藤忠义之士，而铁石心肠，人情已锻烧殆尽，为刚毅武士之代表，替身一场又是剧中之代表，其简要有力或可抵得过一部《忠臣藏》也。但是选择好了，翻译就更不容易。容我旁观者来说句风凉话，《曦铠记》绝对不能翻，古人已云画虎不成反类狗也，《移松》与《扇芝》次之，《惜花》则较易设法，因情趣较可传达耳。末尾熊野临行所唱数语译文云："明日回头京山远，北雁背花向越返，俺便指东去，长袖翻东无馀言。"此可为一例。但此中译得最好的，还是两篇谣曲里的"间"这一部分，殆因散文自较易译，且诙谐之词亦易动人耶。尝闻人言，莎士比亚戏曲极佳，而读一二汉文译本，亦不见佳，可知此事大难，自己不来动手，岂可妄下雌黄，何况此又本用外国文所写者乎。不佞此文，原以介绍此书为目的，偶有评泊，止是笔锋带及，非是本意也，读者谅之。

（廿九年十一月七日）

《老老恒言》

慈山居士曹庭栋所著书，寒斋只有《逸语》十卷，《永宇溪庄识略》六卷，皆乾隆时原刻。《老老恒言》五卷有两种，其一为光绪己卯孙氏刻本，收在《槜李遗书》内，其二题光绪癸卯偶园刊本。案《槜李遗书》本孙稼亭跋云旧本罕存，金眉生得之私为枕秘，既而刻之乡塾，曾以一册见贻，因重校付梓。今偶园本有同治九年金氏序，文中恬字未避讳，板式行款及中缝上下鱼尾等悉与《永宇溪庄识略》相同，当系所云乡塾原版，后为偶园所得，改刻年代，此类事盖数见不鲜者也。《识略》卷六为《识阅历》，即自撰年谱，记文甚简，而事多有趣味。乾隆十一年丙寅下云：

> 是岁著《逸语》，勿少懈。注及盗泉二字，未考所出，检《水经注》已终卷不得，忽风过几案间，揭开盗泉出处，乃注明之。

与孙渊如的《孔子集语》相比，《逸语》自觉谨严少逊，唯因此亦别有其风趣。注语多通达，如盗泉一节即是好例。《逸语》卷十“州里”第十九引《尸子》云：

孔子至于暮矣而不宿于盗泉，渴矣而不饮，恶其名也。

注云：

盗泉，《水经注》曰：洙水西南流，盗泉水注之，泉出卞城东北卞山之阴。盖盗泉近孔子之居，孔子往来常过之，既不宿其地，亦不饮其水，故记者志之曰，恶其名也。愚谓不宿不饮，必有心恶其名而然，圣人不若是之迂也。盖暮矣可宿而犹可无宿，即不宿，渴矣可饮而犹可无饮，即不饮，行所无事而自出于正，特在记者窥测之，则以为恶其名耳。然学者苟即是说而推焉，亦足为慎微谨小之方也。

曹氏自称慈山居士，《老老恒言》孙跋中云，园有土阜数仞，因家居奉母，命曰慈山，晚岁即以自号，《年谱》乾隆九年甲子下云：

邑中有浚河之役，园艮隅馀隙地，令堆积淤泥，人便之，更拆去北廊五架，尽为堆积地，数日间岿然成山，以恰值母寿，名曰慈山。尝赋诗，有“时维二月九，春和气融漾，慈帏敞寿筵，适对兹山爽，兹山讵云高，我乡却无两”之句。

此说慈山原始，更为详尽。跋又云，乾隆丙辰词科再启，君与兄古谦明经庭枢均以鸿博特征。朱序云，己未丙辰两次鸿博，祖子顾少宰尔堪、兄古谦明经庭枢皆就征，此盖为跋语所本，其实却未确。检《年谱》，康熙四十五年丙戌，八岁，十一月古谦弟生。丙辰词科与试未用者二百二人，中有曹庭枢，即慈山之弟，名当作廷而非庭。《识略》卷三《识杂文》中有《慈山居士自叙传》，末云：“名庭栋……初名廷，后改为庭，以示终老牖下之意云。”《年谱》乾隆元年丙辰条下云，是岁以孝廉方正荐，敦促验看，自问不敢当此，以病辞。查丙辰不就试者二十五人，其中亦无慈山名，可知所谓以鸿博征亦是传文之误。又《年谱》卷首载祖蓼怀公讳鉴伦，康熙己未进士。曹子顾举顺治壬辰进士，在康熙己未二十七年前，为慈山曾祖子闲之弟，见于《西堂杂俎》。朱孙二君与慈山同里闬，而所记均不免有谬误，于此盖可见考证之难矣。

《老老恒言》有序跋，自述著作大意，《年谱》中所记亦更为实在，乾隆三十七年壬辰，七十四岁下云：

自秋入冬薄病缠绵，终日独坐卧室，著《老老恒言》四卷。

三十八年癸巳下云：

元旦口占：爆竹声喧日上初，醒犹恋枕起徐徐，衰年自笑曾何补，四卷新编老老书。

又云：

夏初发刻《老老恒言》，补著《粥谱》一卷，共五卷，岁暮刻工始竣。

《年谱》记至乾隆四十一年丙申，慈山年七十八岁，据金序称其寿至九十馀，然则尚有十馀年未记，亦可惜也。

我读《老老恒言》，觉得很有意思，可以说是有两个理由。第一，因为他所说多通达事理。著者在卷四之末说明道，总之养生之道惟贵自然，不可纤毫着意，知此思过半矣。卷二《燕居》中云：

少年热闹之场，非其类则弗亲，苟不见几知退，取憎而已。至与二三老友相对闲谈，偶关世事，不必论是非，不必较长短，慎尔出话，亦所以定心气。

又同卷《见客》中云：

喜谈旧事，爱听新闻，老人之常态，但不可太烦，亦不可太久，少有倦意而止。客即在座，勿用周旋，如张潮诗所云，我醉欲眠卿且去可也。大呼大笑，耗人元气，对客时亦须检束。

此等文字一看似亦平常，但实在却颇难得，所难即在平常处，中国教训多过高，易言之亦可云偏激，若能平常，便是希有可贵矣。孔子有言，及其老也，戒之在得。得不必一定是钱财，官爵威权以及姬侍等都是，即如不安于老死，希求延年长生，也无不是贪得之表示。《恒言》的著者却没有这种欲望，自序称亦只就起居寝食琐屑求之，《素问》所谓适嗜欲于世俗之常，绝非谈神仙讲丹药之异术也。大抵此派养生宗旨止是啬耳，至多说是吝，却总扯不到贪上去，仿佛是杨朱的安乐派，出于道家而与方士相反，若极其自然之致，到得陶公《神释》所云“纵浪大化中，不喜亦不惧，应尽便须尽，无复独多虑”的境地，那也就与儒家合一，是最和平中正的态度了。

第二的理由，因为这是一部很好的老年的书。三年前我写过一篇小文，很慨叹中国缺少给中年以及老年人看的好书，所谓好书，并不要关于宗教道德虽然给予安心与信仰而令人益硬化的东西，却是通达人情物理，能增益智慧，涵养性情的一类著作。此事谈何容易，慨叹一时无从取消，但是想起《老老恒言》来，觉得他总可以算得好书之一，如有好事人雕板精印，当作六十寿礼，倒是极合适的。说到小毛病当然亦不是没有，最明显的是在卫生上喜谈阴阳五行，不过他引的本来多是古书，就是现在许多名医岂不也是讲的这一套，智识阶级的病人能有几个不再相信的，那么对于慈山居士也觉得不好怎么责备了。孟子说老吾老，又说幼吾幼，今《老老恒言》有书可读，闻有《幼幼集成》，却无意去看，恐怕只是普通的小儿科罢。老人虽衰病，尚能执笔，故可自做书自看，小孩子则话还说不好，难怪无所表见，若父兄忙于功名，亦无暇管闲事也。

此外还有一点意见。我觉得养老乃是孝之精义。从前见书中恭维皇上，或是他自夸，常说以孝治天下，心里总怀疑，这是怎么治法呢？近日翻阅《孟子》，看到这样一节，这才恍然大悟。《离娄上》云：

> 孟子曰，伯夷辟纣，居北海之滨，闻文王作，兴曰，盍归乎来，吾闻西伯善养老者。太公辟纣，居东海之滨，闻文王作，兴曰，盍归乎来，吾闻西伯善养老者。

又《梁惠王上》云：

> 五亩之宅，树之以桑，五十者可以衣帛矣。鸡豚狗彘之畜，无失其时，七十者可以食肉矣。百亩之田，勿夺其时，数口之家可以无饥矣。谨

庠序之教，申之以孝悌之义，颁白者不负戴于道路矣。七十者衣帛食肉，黎民不饥不寒，然而不王者，未之有也。

同样的话，孟子对了梁惠王齐宣王都说了一遍，意思极是郑重，很可见养老之政治的意义。《说文解字》八云：

孝，善事父母者，从老省，从子，子承老也。

又云：

七十曰老，从人毛匕，言须发变白也。

由是可知，善事父母亦着重在老年，我想中国言孝之可取即在于此。从前我写过《家之上下四旁》一文，曾说道：

父母少壮时能够自己照顾，而且他们那时还要照顾子女呢，所以不成什么问题。成问题的是在老年，这不但衣食等事，重要的还是老年的孤独。

只可惜后世言孝者不注重此点，以致愈说愈远，不但渐违物理，亦并近于非人情矣。《老老恒言》在此点上却大有可取，盖足为儒门事亲之一助，岂止可送寿礼而已哉。

（三月）

《鲊话》

近来收得佟世思著《与梅堂遗集》十二卷，附《耳书》《鲊话》各一卷，系其六弟世䌖所编集，有康熙辛巳序，但刻板似在雍正时，王渔洋序文署名已避讳矣。案《八旗文经》卷五十七作者考甲云：佟世思，先世居于佟佳地方，姓佟佳氏，省言以佟为氏，隶汉军镶蓝旗，又言法海介福均其族人，唯集卷十二《先高曾祖三世行略》云，自北燕时远祖讳万讳寿者，俱以文字显，然则其世系远出六朝，与籍隶满洲之佟佳氏如介野园等固自不同也。

《熙朝雅颂集》卷十三引《八旗通志》云：

> 《与梅堂遗集》十二卷，佟世思撰。是集凡诗十卷，词一卷，杂文一卷。
>
> 其弟世集裒而刻之，末附《耳书》一卷，皆记所闻见荒怪之事，分人物神异四部，《鲊话》一卷，则以公事至恩平而记其风土也。

《四库书目提要》亦如此说，盖为《通志》所本。《雅颂集》选其诗为十三四两卷，计百另二首，《雪桥诗话》卷三谈俨若诗有四则，最称赏其《横林雨夜访邵之莱夫子宅》四首，如其一云：

舟行常苦热，雷雨晚凉生。
杨柳一时碧，桔槔忽不鸣。
沟田增细响，村鼓应初更。
我欲扶筇去，稻花香里行。

不佞虽不懂诗，读此亦觉得可喜。文十八篇多可读者，如《游红螺山记》《思恩县开征记》《与范彦公表叔书》均是，但是我觉得最有兴味的却是那两种附录。《耳书》文字颇简洁，所记事亦普通，可目为笔记中上品，末一则“唵嘛呢叭弥吽”，云是六字真言，传自西域，有谓“唵嘛呢叭弥吽”盖“俺那里把你哄”也。昔曾闻此传说，今知见于著录，亦颇有意思。《鲊话》据自序盖作于康熙乙丑，时至广东访其三弟世男于恩平县，记所见闻得三十九则，其序云，时在安徽同友人饮白酒啖鲟鲊，“昔陶母却鲊，而恩平无鲊可以奉亲，伟夫一官冰冷，仅足供兄弟友生一席鲊话耳”。书名即取此意。记文短者才十馀字，最长者只二三篇，亦不及二百字，读之无不可人意，盖如序中所云，恩平以弹丸黑子，奇凋异敝，不可名状，世传有非山非水非人非鬼之地，殆将近之，其事本奇，而文足以副之，故遂耐读，所谓诚可悲可笑矣也。《鲊话》一序，计二百三十一言，亦诚实，亦波俏，而《八旗文经》则收录一篇俗调的《耳书序》，可知文章鉴别自有不可假借之处，观于《文经》选者之取舍，乃更相信自己见识渐益可靠，凡所取舍常与世俗相违，此即其征也。

《鲊话》中可抄者甚多，今只录其二三于下：

县署无头门二门，勉强向败墙下设门一合，以蔽道路往来者。无大堂，有墙三面，横以竹，覆以草，无栋梁门柱。前令设木屏高五尺，阔二尺有五，以别内外。伟夫孟浪，撤[1]而易以门，再八步计步弓四步，即令君妻下榻处也。

士子无城居者，来则跣足骑牛，至城下就河水洗足，着屐而后入。每来谒，伟夫必与饮食，无一人知进退周旋之节者。伟夫多事，必捉襟曳肘而教之。予亲见伟夫以白面微髭之知县教白头诸生，拜揖酬酢，始终不能而罢焉。

堂置木架一座，上置鼓一面，即以乱棕缚云板于下，此伟夫升堂号召胥役之具也。夜间，一

【锺校】

①“撤”原作“撒”。

老人身不满二尺，蹲鼓下司更，或自三鼓交五鼓，或自四鼓又交二鼓，从来无伦序，但随其兴会耳。闻伟夫囊者怒，命易之，询通邑无可代者，因仍之。

通城无三尺平净地，处处皆瓦砾，生野慈姑于上。予与椝十步城上，小立，谓此地恐多蛇。言未已，一蛇丈许，窜胯下过。

案恩平属肇庆府，距新会不远，不知何以荒秽如此。近人奭良著《野棠轩摭言》卷七《言多》中有一则，言广西思恩府之苦，其文云：

其地谚曰：虎上房，蛇上床，皂隶上墙。侵晨将启户先四望，房上有踞虎则不开门。地卑湿连山，山蛇如蚁，宵中恒为蛇所扰如蚊虻。居民极少，皂隶无应募者，但于大堂两翼墙画衙役，以壮观瞻耳。

案佟世男为恩平县知县，世思记其地风土既极奇怪，而自己又适知思恩县事，真可谓偶然又偶然矣，只可惜不再写一卷《续鲊话》，不然必当有好文章可读也。遗集卷十二杂文中有《重修思恩县堂记》，述由贺县至思恩事云：

再调思恩，水土恶厉更倍于贺，亢则三冬热眩，哑不能言，雨则六月生寒，重裘莫御。

又《思恩县开征记》叙四乡头人来输纳情状，但云：

届期果来，老而皤者，少健者，棕帽者，布裹头者，徒行者，乘马者，聚数百十人，率皆衣青短衣，裸膝跣足，佩环刀七尺于胁下。

此盖如下文所云，思恩古属交趾日南，为环州生蛮之恒状，亦并不大奇。文中又有吏白开征有日之语，则固有胥吏，岂画壁者止是皂隶，而吏不在其内耶。《野棠轩摭言》引夏闰庵所见为证，似是近数十年中事，在康熙三十年顷反不若是之甚，亦不可解。唯《重修县堂记》言至广西后，宾客仆从不习于水土死者二年之内[①]一十八人，而佟君自己亦遂是年卒于官，时为康熙辛未，年四十有二，此则与夏闰庵所遇之思恩守志白石运命相同，似前后无甚变化，亦大奇也。

【锺校】

①“内”原作“外”。

《春在堂杂文》

《春在堂全书》十年前购得一部，共一百六十本，堆放书架上，有望洋之叹。不佞不懂经学，全书中精粹部分以是不能了解，以前陆续抽读的只是尺牍随笔杂抄笔记这一类，大都是曲园先生业馀遣兴之作罢了。我向来很佩服曲园先生以一代经师而留心轻文学，对于小说故事做过好些研究，读《右台仙馆笔记》中《黄土老爷》诸篇，觉得是好文字，非一般说部中所有。近来闲居无事，拿出《杂文》来看，有许多文章看得甚喜欢，特别是序文一类，觉得在近代文章中极少有的。平常讲词章的人批评曲园先生的诗文总说是平庸，本来曲园诗自说出于乐天放翁，文也自认文体卑弱，似乎一般的批评也还不错。但是，诗我不大懂今且慢谈，文的好坏说起来颇有问题，因为论文的标准便有好些差异。有喜谈义理者，不但主张言中有物，其物还必须是某一派的正统思想，所以如不是面红耳赤的卫道，或力竭声嘶的辟邪，便不能算是好文字。又有好讲音律者，凡是文章须得好念，有如昔人念韩愈《送董邵南序》，数易其气而后成声，然后铿锵镗鞳，各有腔调，听之陶然。然而在此二派之外还可以有一种看法，即是不把文章当作符咒或是皮黄看，却只算做写在纸上的说话，话里头有意思，而语句又传达得出来，这是普通说话的条件，也正可以拿来论文章。我就是这一派看法的，许多传世的名文在我看去都不过是烂调时髦话，而有些被称为平庸或浅薄的实在倒有可取，因为他自有意思，也能说得好，正如我从前所说有见识与趣味这两种成分，我理想中好文章无非如此而已。《春在堂杂文》现在便可以给我做一个很好的例。

序文极是常见的东西，人们即使不从文集里去找了来读，无论看什么书大抵前面总可见到一两篇序文的。但是平常有谁看了觉得喜欢呢？我近二十年来才学会看书先看序，可是结果多是不满意，难道真如郑板桥所说敷衍的太多么。其实倒还因为照程式做的多了的缘故，这些大都选得进《古文范》里去，在我们想找平庸的说话看的人却也就不免失望了。曲园先生的序文在书上常可见到，这不仅如章太炎先生所微讽，先生好以笔札泛爱人，《杂文》自序中也自己承认性好徇人之求，那么这些序文一定多有敷衍的了。然而我们的经验是，一部书上有几篇序，其中如有曲园先生的在内，则其中最可读的必定就是曲园先生的那一篇。在《津门征献诗》《槃薖纪事初稿》《习古斋画絮》《眉绿楼词》等诸书中，都是这样。为什么缘故呢？作序即使同是敷衍，因为这多少总是赋得，但敷衍也有不同，有如寒暄，一种是照例的今天天气哈哈哈，一种也是说今天天气好或是冷，不过关于冷稍有发挥，说是早上见了霜，或是阴寒得很萧寂，有些物理人情上的根据，这就觉得有点意味了。曲园先生的序便是关于这事物总有意见要说，说得又有诚意又有风趣，读下去使人总有所得，而所说的却大抵不是什么经天纬地的大道理，此正是难能可贵的地方，近世一般文人所极不易及者也。

现在试举几个实例。《杂文》卷一《逊学斋诗集序》说风与雅的区别，说明后世的诗里也有这两种不同的风格。《荔园词序》论诗词曲三者变迁之迹，即阐明其特色所在。三编卷三《王子安集注序》论骈散文甚有精义，最可佩服，以骈俪为文之正轨，真通文章体例者之言。又云宋人以八代为衰，奉昌黎为鼻祖，自此以往遂有语言而无文字。此与鄙意甚相合。《秦肤雨诗序》引扬子云言，诗人之赋丽以则，论诗中有偏丽偏则两派，《击壤》遗音，《香奁》流弊，均所不取。《玉可庵词序》论词之正宗贵清空不贵饾饤，贵微婉不贵豪放，与《荔园词序》可互相发明。四编卷六《眉绿楼词序》论诗词分类编年之是非，谓诗宜编年，可以考定其生平，词则以分类为宜，盖词之体率婉媚深窈，或言及出处，亦以微言托意，不如诗之显明，依年编录未必足供考证，故不如分类读之，窥见其性情之微，转足以想见其为人。又《槃薖纪事初稿序》对于艰深之文微致讽词，五编卷七《可园诗钞序》自述诗宗香山剑南，亦即是此意。有云：

> 诗固所以写性情也，雕斫性情而为诗，其犹戕贼杞柳以为杯棬[①]乎。

此语亦甚佳，与上文文崇骈俪之说似两歧，而实俱有至理。曲园先生著作未有专篇论文学者，仅散见于杂文中，序类中为最多，虽只是散金片羽，而言简意赅，往往与现代意见相合，实盖为之先导，此则甚可贵也。

《杂文续编》卷二有文数篇，皆关于金石文字者，如《慕陶轩古砖图录序》《问礼庵彝器图序》《两罍轩彝器图释序》《画馀庵古钱拓本序》《百砖砚斋砚谱

【锺校】

①“棬”原作“卷”。

序》，文章议论均可喜。《古砖图录序》有云：

余经生也，欲通经训必先明小学，而欲明小学则岂独商周之钟鼎，秦汉之碑碣，足资考证而已，虽砖文亦皆有取焉。

此数语可以包括诸文大意，简单的文句里实具有博大的精神。中国学者向来多病在拘泥，治文字者以《说文解字》为圣经，钟鼎碑碣悉不足取，砖瓦自更不必论矣。太炎先生曾谓古代日用食器且少见，独多钟鼎，大是可疑，龟甲兽骨则是今人伪作，更不可信。曲园先生乃独能有此创见，如在金石学家本亦无奇，以经师而为此言，可谓首开风气者矣。此外文章随便举例如六编卷八《唐栖志序》《徐淡仙百兰稿序》，卷九《东城记馀序》，并无特殊意见可说，而就题写去，涉笔成趣，不费气力，不落蹊径，自成一篇可读之小文。《杂文补遗》即七编卷二有《外弟姚少泉所著书序》，则又亦庄亦谐，姚君喜谈道与兵与医，曲园先生称其谈道之书明白晓畅，又谓惜余钝根仍茫乎未得其门径，与之论兵则只取其兵贵藏锋一语，“其论医亦多心得，余固执废医之论者，姑勿论也。”微词托讽，而文气仍颇庄重，读之却不觉绝倒。此种文字大不易作，游戏而有节制，与庄重而极自在，是好文章之特色，正如盾之两面，缺一不可者也。寿序与记各类中尚有佳文，兹不具论，只以序文为限，亦不及详举也。

读曲园先生的序文，有时觉得与读欧罗巴文书籍时的感觉有点相似。有些正论学术文艺，有如导言，但少简短耳。有些抒情说理，笔致如随笔小品，虽是七八十年前著作，而气味新鲜，一似墨色未干者，此可异也。我们平日写文章，本来没有一定写法，未必定规要反古，也不见得非学外国不可，总之只是有话要说，话又要说得好，目的如此，方法由各人自己去想，其结果或近欧化，或似古文，故不足异，亦自无妨。《春在堂杂文》中有些与新文学相通即以此故，若我辈写序虽力或未逮，用意则固不谬，今见曲园先生序文有相近者，此又我们之大幸也。朋友相语，常苦没有适宜的文章可以给学生读，《左传》《史记》非无名篇，不过那只可当文学赏鉴，不能作自己写作的参考，若要勉强去学，势必画虎类狗，做成烂调古文而后已。如今看见曲园先生的许多序文，很是喜欢，觉得这颇足供启蒙之用，虽然一时不能指定那几篇最合用，但总之在这中间我相信一定可以找出很好的资料来，使青年学子读了得到益处。近来长久不写文章，觉得荒疏了，夏天读《春在堂杂文》很想写一篇小文，但是不敢下笔，一半也因为怕说得不对，唐突先贤，到现在才决心来写，盖我深信此类杂文甚于学子有益，故仍来饶舌一番，不管文章的好坏，若是为个人计最好还是装痴聋到底，何苦费了工夫与心思来报告自己所读何书乎。

（二十八年十一月一日）

禹迹寺

中国圣贤喜言尧舜，而所说多玄妙，还不如大禹，较有具体的事实。《孟子》曾述禹治水之法，又《论语》云：

> 子曰，禹吾无间然矣，菲饮食而致孝乎鬼神，恶衣服而致美乎黻冕，卑宫室而尽力乎沟洫。

这简单的几句话很能写出一个大政治家，儒而近墨的伟大人物。《庄子》说得很好：

> 昔者禹堙洪水，……亲自操橐耜而九杂①天下之川，腓无胈②，胫无毛，沐甚雨，栉疾风，置万国。禹大圣也，而形劳天下如此。使后世之墨者，多以裘褐为衣，以屐蹻为服，日夜不休，

【锺校】

①“九杂”原作“涤”。

②“腓无胈”原作“股无胈”。

以自苦[1]为极，曰，不能如此，非禹道也，不足为墨。

盖儒而消极则入于杨，即道家者流，积极便成为法家，实乃墨之徒，只是宗教气较少，遂不见什么佛菩萨行耳。《尸子》云：

古者龙门未辟，吕梁未凿，禹于是疏河决江，十年不窥其家，生偏枯之病，步不相过，人曰禹步。

焦里堂著《易馀籥录》卷十一云：

禹病偏枯，足不相过，而巫者效之为禹步。孔子有姊之丧，尚右，二三子亦共而尚右。郭林宗巾偶折角，时人效之为垫角巾。不善述者如此。

说到这里，大禹乃与方士发生了关系。本来方士非出于道家，只是长生一念专是为己，与杨子不无一脉相通，但是这里学步法于隔教，似乎有点可笑，实在亦不尽然，盖禹所为之佛菩萨行，显然有些宗教气味，而方士又是酷爱神通，其来强颜附和正复不足怪耳。案屠纬真著《鸿苞》卷三十三《钩玄》篇中有“禹

【锺校】

① 原无“苦”字，今增。

步法”，颇疑其别有所本。寒斋无他道书，偶检葛稚川《抱朴子》，果于卷十七《登陟》篇中得之。其文曰：

> 禹步法，正立，右足在前，左足在后，次复前右足，以左足从右足并，是一步也。次复前右足，次前左足，以右足从左足并，是二步也。次复前右足，以左足从右足并，是三步也。如此，禹步之道毕矣。

此处本是说往山林中，折草禹步持咒，使人鬼不能见。述禹步法讫，又申明之曰：

> 凡作天下百术，皆宜知禹步，不独此事也。

准此，可知禹步威力之大。不佞幼时见乡间道士作炼度法事，鹤氅金冠，手执牙笏，足着厚底皂靴，踯躅坛上，如不能行，心甚异之。后读小说记道士禹步作法，始悟其即是禹步，既而又知其步法，与其所以如此步之理由，乃大喜悦。自己试走，亦颇有把握，但此不足为喜，以不佞本无求仙之志，即使学习纯熟，亦别无用处也。

《尸子》云禹生偏枯之病，案偏枯当是半身不遂，或是痿痹，但看走法则似不然，大抵还是足疾吧。吾乡农民因常在水田里工作，多有足疾，最普通的叫做流火，发时小腿肿痛，有时出血流脓始愈。又一种名大脚风，脚背以至小腿均肿，但似不化脓，虽时或轻减，终不能全愈，患这种病的人，行走蹒跚，颇有禹步之意，或者禹之胫无毛亦正是此类乎。会稽与禹本是很有关系的地方。会稽山以禹得名，至今有大禹陵，守陵者仍姒姓，聚族而居，村即名为庙下。禹之苗裔尚存在越中，那么其步法之存留更无可疑了。凡在春天往登会稽山高峰即香炉峰，往祭会稽山神即南镇的人，无不在庙下登岸，顺便一游禹庙，其特地前去者更不必说。大抵就庙前村店里小酌，好酒，好便菜，烧土步鱼更好，虽然价钱自然不免颇贵。做酒饭供客，这是姒姓的权利与义务，别人所不能染指的。但是我们怎能说贵呢。且不谈游春时节，应时食物例不应廉，只试问这设食者是谁呀？大禹的子孙，现在固然只是村农，我们岂能不敬。别的圣贤的子孙或者可以不必一定敬，禹是例外，有些圣子贤孙也做些坏事，历史上姓姒的坏人不曾有过。古圣先王中我只佩服一个大禹，其次是越大夫范蠡。这一说好像是有乡曲之见，说天下英雄都出我们村里。其实这全是偶然。史称禹生于石纽，范蠡又是楚人，所以在志书里他们原只是两位寓贤而已。

小时候到过一处，觉得很有意思，地名叫作平水。据说大禹治水，至此而水平，故名，这也是与禹极有关系的。元微之撰《长庆集序》云：

尝出游平水市中，见村校诸童竞习诗，召问之，曰，先生教我乐天微之诗也。

这又是平水的一个典故，不过我所知道的平水只是山水好，出产竹木笋干茶叶，一个有趣的山乡，元白诗恐怕连村校的先生们也不大会念了。另外有一处地方，我觉得更亲近不能忘记的，乃是与禹若有关系若无关系的禹迹寺。据《嘉泰会稽志》卷七寺院门云：

大中禹迹寺，在府东南四里二百二十六步。晋义熙十二年骠骑郭将军舍宅置寺，名觉嗣。唐会昌五年例废，大中五年复兴此寺，诏赐名大中禹迹。

这寺有何禹迹，书上未曾说明，但又似并非全无因缘，事隔九百馀年，至清乾隆乙酉，清凉道人到寺里去，留有记录，《听雨轩馀纪》中《陆放翁诗迹》一条下云：

予昔客绍兴，曾至禹迹寺访之。寺在东郭门内半里许，内祀大禹神像，仅尺馀耳。寺之东有桥，俗名罗汉桥，桥额横勒春波二字。

吾家老屋在覆盆桥，距寺才一箭之遥，有时天旱河浅，常须至桥头下船，船户汤小毛即住在罗汉桥北岸，所以那一带都是熟习的地方，只可惜寺已废，但馀古禹迹寺一额，尺馀的大禹像竟不得见，至今想到还觉怅怅。禹陵大庙中有神像，高可二三丈，可谓伟观，殿中闻吱吱之声，皆是蝙蝠，有许多还巢于像之两耳中，但是方面大耳，戴冕端拱，亦是城隍菩萨一派，初无一点禹气也。数年前又闻大兴土木，仍用布商修兰亭法，以洋灰及红桐油涂抹之，恐更不足观矣，鄙意禹如应有像，终当以尺馀者为法，此像虽不曾见，即从尺馀一事想象之，意必大有特色在耳。后世文人画家似乎已将禹忘却了，范大夫有时入画，也还是靠他有一段艳闻，其实仍以西子为主，大家对于少伯盖亦始终无甚兴趣也。

禹迹寺前的桥俗名罗汉桥，其理由不能知道。据宝庆《会稽续志》卷四“桥梁门”下云：

> 春波桥在城东南五里，千秋鸿禧观前。贺知章诗云，离别家乡岁月多，近来人事半消磨，唯有门前鉴湖水，春风不改旧时波。故取名此桥。

放翁再过沈园题二绝句，其一云，落日城头画角哀，沈园非复旧池台，伤心桥下春波绿，曾见惊鸿照影来。相传桥名即用放翁诗语，今案《续志》可知其不实，志成于宝庆元年，距放翁之殁才十六年，所说自应可信。现在园址早不存，寺已废，桥亦屡改，今所有的圆洞石桥是光绪中新造的，但桥名尚如故，因此放翁诗迹亦遂得以附丽流传下去。我离乡久，有二十年以上不到那里了，去年十二月底偶作小诗数首，其二说及寺与园与桥，其词曰：

禹迹寺前春草生，沈园遗迹欠分明，

偶然拄杖桥头望，流水斜阳太有情。

今年一月中寄示南中友人匏瓜庵主人，承赐和诗，其二末联云，斜阳流水干卿事，未免人间太有情。匏瓜庵指点得很不错，这未免是我们的缺点，但是这一点或者也正是禹的遗迹乎。——两年不写文章，手生荆棘矣，写到这里，觉得文意未尽，但再写下去又将成蛇足，所以就此停住，文章好坏也不管了。

（廿八年十月十七日）

卖糖

崔晓林著《念堂诗话》卷二中有一则云："《日知录》谓古卖糖者吹箫，今鸣金。予考徐青长诗，敲锣卖夜糖，是明时卖饧鸣金之明证也。"案此五字见《徐文长集》卷四，所云青长当是青藤或文长之误。原诗题曰《昙阳》，凡十首，其五云：

何事移天竺，居然在太仓。

善哉听白佛，梦已熟黄粱。

托钵求朝饭，敲锣卖夜糖。

所咏当系王锡爵女事，但语颇有费解处，不佞亦只能取其末句，作为夜糖之一佐[①]证而已。查范啸风著《越谚》卷中饮食类中，不见夜糖一语，即梨膏糖亦无，不禁大为失望。绍兴如无夜糖，不知小人们当更如何寂寞，盖此与炙糕二者实是儿童的恩物，无论野

【锺校】

①"佐"原作"左"。

孩子与大家子弟都是不可缺少者也。夜糖的名义不可解，其实只是圆形的硬糖，平常亦称圆眼糖，因形似龙眼故，亦有尖角者，则称粽子糖，共有红白黄三色，每粒价一钱，若至大路口糖色店去买，每十粒只七八文即可，但此是三十年前价目，现今想必已大有更变了。梨膏糖每块须四文，寻常小孩多不敢问津，此外还有一钱可买者有茄脯与梅饼。以沙糖煮茄子，略晾干，原以斤两计，卖糖人切为适当的长条，而不能无大小，小儿多较量择取之，是为茄脯。梅饼者，黄梅与甘草同煮，连核捣烂，范为饼如新铸一分铜币大，吮食之别有风味，可与青盐梅竞爽也。

卖糖者大率用担，但非是肩挑，实只一筐，俗名桥篮，上列木匣，分格盛糖，盖以玻璃，有木架交叉如交椅，置篮其上，以待顾客。行则叠架夹胁下，左臂操筐，俗语曰桥，虚左手持一小锣，右手执木片如笏状，击之声镗镗然，此即卖糖之信号也，小儿闻之惊心动魄，殆不下于货郎之惊闺与唤娇娘焉。此锣却又与他锣不同，直径不及一尺，窄边，不系索，击时以一指抵边之内缘，与铜锣之提索及用锣槌者迥异，民间称之曰镗锣，第一字读如国音汤去声，盖形容其声如此。虽然亦是金属无疑，但小说上常见鸣金收军，则与此又截不相像，顾亭林云卖饧者今鸣金，原不能说错，若云笼统殆不能免，此则由于用古文之故，或者也不好单与顾君为难耳。

卖糕者多在下午，竹笼中生火，上置熬盘，红糖和米粉为糕，切片炙之，每片一文，亦有麻糍，大呼曰麻糍荷炙糕。荷者语助词，如萧老老公之荷荷，唯越语更带喉音，为他处所无。

早上别有卖印糕者，糕上有红色吉利语，此外如蔡糖糕，茯苓糕，桂花年糕等亦具备，呼声则仅云卖糕荷，其用处似在供大人们做早点心吃，与炙糕之为小孩食品者又异。此种糕点来北京后便不能遇见，盖南方重米食，糕类以米粉为之，北方则几乎无一不面，情形自大不相同也。

小时候吃的东西，味道不必甚佳，过后思量每多佳趣，往往不能忘记。不佞之记得糖与糕，亦正由此耳。昔年读日本原公道著《先哲丛谈》，卷三有讲朱舜水的几节，其一云：

> 舜水归化历年所，能和语，然及其病革也，遂复乡语，则侍人不能了解。(原本汉文。)

不佞读之怆然有感。舜水所语盖是馀姚话也，不佞虽是隔县，当能了知，其意亦唯不佞可解。馀姚亦当有夜糖与炙糕，惜舜水不曾说及，岂以说了也无人懂之故欤。但是我又记起《陶庵梦忆》来，其中亦不谈及，则更可惜矣。

（廿七年二月廿五日漫记于北平知堂）

【附记】《越谚》不记糖色，而糕类则稍有叙述，如印糕下注云："米粉为方形，上印彩粉文字，配馒头送喜寿礼。"又麻糍下云："糯粉，馅乌豆沙，如饼，炙食，担卖，多吃能杀人。"末五字近于赘，盖昔曾有人赌吃麻糍，因以致死，范君遂书之以为戒，其实[1]本不限于麻糍一物，即鸡骨头糕干如多吃亦有害也。看一地方的生活特色，食品很是重要，不但是日常饭粥，即点心以至闲食，亦均有意义，只可惜少有人注意，本乡文人以为琐屑不足道，外路人又多轻饮食而着眼于男女，往往闹出《闲话扬州》似的事件，其实男女之事大同小异，不值得那么用心，倒还不如各种吃食尽有滋味，大可谈谈也。

（廿八日又记）

【锺校】

①"实"原作"食"。

撒豆

秋风渐凉，王母暴已过，我年例常患枯草热，也就复发，不能做什么事，只好拿几种[1]小话选本消遣。日本的小话译成中国语当云笑话，笑话当然是消闲的最好材料，实际也不尽然，特别是外国的，因为风俗人情的差异，想要领解往往须用相当的气力。可是笑话的好处就在这里，这点劳力我们岂能可惜。我想笑话的作用固然在于使人笑，但一笑之后还该有什么馀留，那么这对于风俗人情之理解或反省大约就是吧。笑话，寓言与俗谚，是同样的好资料，不问本国或外国，其意味原无不同也。

小话集之一是宫崎三味编的《落语选》，庚戌年出版，于今正是三十年了。卷中引《座笑土产》有《过年》一则云：

【锺校】

① 此处原衍“的”字，已删。

近地全是各家撒豆的声音。主人还未回来，便吩咐叫徒弟去撒也罢。这徒弟乃是吃吧，抓了豆老是说，鬼鬼鬼。门口的鬼打着呵欠说，喊，是出去呢，还是进来呢？

案，这里所说是立春前夜撒豆打鬼的事情。村濑栲亭著《艺苑日涉》卷七《民间岁节》下云：

立春前一日谓之节分。至夕家家燃灯如除夜，炒黄豆供神佛祖先，向岁德方位撒豆以迎福，又背岁德方位撒豆以逐鬼，谓之傩豆。老幼男女啖豆如岁数，加以一，谓之年豆。街上有驱疫者，儿女以纸包裹年豆及钱一文与之，则唱祝寿驱邪之词去，谓之疫除。

黄公度著《日本国志》，卷三十五《礼俗志》二中《岁时》一篇，即转录栲亭原书全文，此处亦同。查《日本杂事诗》各本，未曾说及，盖黄君于此似无甚兴味也。蜀山人《半日闲话》中云：

节分之夜，将白豆炒成黑，以对角方升盛之，再安放簸箕内，唱福里边两声，鬼外边一声，撒豆，如是凡三度。

这里未免说的太仪式化，但他本来是仪式，所以也是无可如何。森鸥外有一篇小说叫做《追傩》，收在小说集《涓滴》中，可以说是我所见的唯一艺术的描写，从前屡次想翻译，终于未曾着手。这篇写得极奇，《追傩》的事至多只占了全文十分之一，其馀全是发的别的议论，与普通小说体裁绝不相似，我却觉得很喜欢。现在只将与题目有关的部分抄译于左：

这时候，与我所坐之处正为对角的西北隅的纸屏轻轻的开了，有人走进到屋里来。这是小小的干瘪的老太太，白头发一根根地排着，梳了一个双钱髻。而且她还穿着红的长背心，左手挟着升，一直走到房间中央，也不跪坐，只将右手的指尖略略按一下席子，和我行个礼。我呆呆地只是看着。

“福里边，鬼外边！”

老婆子撒起豆来了。北边的纸屏拉开，两三个使女跑出来，捡拾撒在席上的豆子。

老婆子的态度非常有生气，看得很是愉快。我不问而知这是新喜乐的女主人了。

隔了十几行便是结尾，又回过来讲到“追傩”，其文云：

追傩在昔时已有，但是撒豆大概是镰仓时代以后的事吧。很有意思的是，罗马也曾有相似的这种风俗。罗马人称鬼魂曰勒木耳，在五月间的半夜里举行赶散他们的祭礼。在这仪式里，有拿黑豆向背后抛去一节。据说我国的撒豆最初也是向背后抛去，到后来才撒向前面的。

鸥外是博识的文人，他所说当可信用，镰仓时代大约是西历十三世纪，那么这撒豆的风俗至少也可以算是有了六百年的历史了吧。

好些年前我译过一册《狂言十番》，其中有一篇也说及撒豆的事，原名《节分》，为通俗起见却改译为《立春》了。这里说有蓬莱岛的鬼于立春前夜来到日本，走进人家去，与女主人调戏，被女人乘隙用豆打了出来，只落得将隐身笠隐身蓑和招宝的小槌都留下在屋里了。有云：

女 咦，正好时候了，撒起豆来吧。

福里边，福里边！

鬼外边，鬼外边！（用豆打鬼）

鬼 这可不行。

女 鬼外边，鬼外边！

案狂言盛行于室町时代，则是十四世纪也。嵩山禅师居中（一二七七至一三四五）曾两度入唐求法，为当时五山名僧，著有《少林一曲》一卷，今不传，卜幽轩著《东见记》卷上载其所作诗一首，题曰《节分夜吃炒豆》：

粒粒冷灰爆一声，年年今夜发威灵。

暗中信手轻抛撒[1]，打着诸方鬼眼睛。

江户时代初期儒者林罗山著《庖丁书录》中亦引此诗，解说稍不同，盖传闻异词也：

古人诗中，咏除夜之豆云，暗中信手频抛掷，打着诸方鬼眼睛。盖撒大豆以打瞎鬼眼也。

《类聚名物考》卷五引《万物故事要诀》，谓依古记所云，春夜撒豆起于宇多天皇时，正是九世纪之末，又云：

炒三石三斗大豆，以打鬼目，则十六只眼睛悉被打瞎，可捉之归。

此虽是毗沙门天王所示教，恐未足为典据，故宁信嵩山诗为撒豆作证，至于福内鬼外的祝语已见于狂言，而年代亦难确说，据若月紫兰著《东京年中行事》卷上云，此语见于《卧云日件录》，案此录为五山僧瑞溪周凤所作，生于十五世纪上半，比嵩山要迟了一百年，但去今亦有五百年之久矣。

傩在中国古已有之，《论语》里的乡人傩是我们最记得的一例，时日不一定，大抵是季节的交关吧。《后汉书》礼仪志云，先腊一日大傩，谓之逐疫。《吕氏春秋》季冬纪高氏注云，今人腊岁前一日击鼓驱

【锺校】

①"撒"原作"散"。

疫，谓之逐除。据《南部新书》及《东京梦华录》，唐宋大傩都在除夕。日本则在立春前夜，与中国殊异，唯其用意则并无不同。民间甚重节分，俗以立春为岁始，春夜的意义等于除夕，笑话题云《过年》，即是此意，二者均是年岁之交界，不过一依太阳，一依太阴历耳。中国推算八字亦以立春为准，如生于正月而在立春节前，则仍以旧年干支论，此通例也。

避凶趋吉，人情之常，平时忍受无可如何，到得岁时告一段落，想趁这机会用点法术，变换个新场面，这便是那些仪式的缘起。最初或者期待有什么效用，后来也渐渐地淡下去，成为一种行事罢了。谭复堂在日记上记七夕祀天孙事，结论曰，千古有此一种传闻旧说，亦复佳耳。对于追傩，如应用同样的看法，我想也很适当吧。

（廿九年九月七日）

上坟船

《陶庵梦忆》在乾隆中有两种木刻本，一为“砚云”本，四十年乙未刻，一卷四十三则，一为王见大本，五十九年甲寅刻，百二十三则，分为八卷。“砚云”本虽篇幅不多，才及王见大本三分之一，但文句异同亦多可取处。第八则记越中扫墓事，今据录于下：

越俗扫墓，男女袨服靓妆，画船箫鼓，如杭州人游湖，厚人薄鬼，率以为常。二十年前，中人之家尚用平水屋帻船，男女分两截坐，不座船，不鼓吹，先辈谑之曰，以结上文两节之意。后渐华靡，虽监门小户，男女必用两座船，必巾，必鼓吹，必欢呼鬯饮，下午必就其路之所近，游庵堂寺院，及士夫家花园，鼓吹近城必吹海东青独行千里，锣鼓错杂，酒徒沾醉必岸帻嚣嚎，唱无字曲，或舟中攘臂与侪列厮打。自二月朔至夏至，填城溢国，日日如之。乙酉方兵，画江而守，虽鱼鱐菱舠收拾略尽，坟垄数十里而遥，子孙数人挑鱼肉楮钱，徒步往返之，妇女不得出城者三岁矣。萧索凄凉，亦物极必返之一。

小序中有云：

兹编载方言巷咏，嘻笑琐屑之事，然略经点染，便成至文，读者如历山川，如睹风俗，如瞻宫阙宗庙之丽，殆与采薇麦秀同其感慨，而出之以诙谐者欤。

数语批评甚得要领，上文可以为证，但是我所觉得最有意思的还是在于如睹风俗这一点上，因为所说上坟情形有大半和我小时候所见者相同。据说乙酉以后妇女已有三年不得出城，似写文时当在丁亥之顷，那么所谓二十年前应该是天启丁卯以往，后渐华靡可见是崇祯间事也。

平水屋帻船不知是何物，平水自然是地名，屋帻船则后来不闻此语，若是田庄船，容积不大，未必能男女分两截坐，疑不能明。座船大抵是三道船亦名三明瓦，一船至多也只能容七八人，因饭时用方桌坐八人便已很挤了，故不能再分两截而须分船，亦正是事势必然，华靡恐尚在其次。鼓吹后世仍用，普通称吹手或鼓手，有两种，一是乐户，世袭的堕民为之，品最低，二是官吹，原是平民，服务于协台衙门者，唯大家得雇用之，窃意此当本名鼓手，乐户是吹手，后来乃混为一称耳。上坟用官吹者，归途必令奏将军令，似为其特技，或乐户所不能者也，海东青等名目则未曾闻。大家丁口众多，遗有祭田者，上坟船之数，大率一房中男女各一只，鼓手船厨司船酒饭船各一只，酒饭船并备祭品，如干三牲，香蜡纸钱爆仗，锡五事，桌帏棕荐等，此其大较也。

顾铁卿《清嘉录》卷三“上坟”条下关于墓祭的事略有考证，兹不赘。绍兴墓祭在一年中共有三次，一在正月曰拜坟，实即是拜岁，一在十月曰送寒衣，别无所谓衣，亦只是平常拜奠而已。这两回都很简单，只有男子参与，亦无鼓吹，至三月则曰上坟，差不多全家出发。旧时女人外出时颇少，如今既是祭礼，并作春游，当然十分踊跃，儿歌有云：正月灯，二月鹞，三月上坟船里看姣姣，即指此。姣姣盖是昔时俗语，绍兴戏说白中多有之，弹词中常云美多姣，今尚存夜姣姣之俗名，谓夜开的一种紫茉莉也。上坟仪式各家多不相同，有时差得极远，吾家旧住东门内东陶坊，西邻甲姓仪注繁重，自进面盆手巾，进茶碗，以至罗拜毕焚帛，在坟头扮演故人生活须小半日之久，坊东端乙姓则只一二男子坐小船，至坟前祭奠，便即下船回城，怀中出数个火烧食之，亦不分享馂馀，据划小船者说如此。二者盖是极端的例，普通的办法大抵如下：最先祀后土，墓左例设后土尊神之位，石碑石案，点香烛，陈小三牲果品酒饭，主祭者一人跪拜，有二人赞礼，读祝文，焚帛放爆竹双响者五枚。次为墓祭，祭品中多有肴馔十品，馀与后土相似，列石祭桌上，主祭者一人，成年男子均可与祭，但与祭大概只能备棕荐三列，分行辈排班，如人数过多则亦有馀剩。祭献读祭文，悉由礼生引赞，献毕行礼，俟与祭者起，礼生乃与馀剩的人补拜，其后妇女继之，拜后焚纸钱而礼毕，爆竹本以祀神。但墓祭亦有用者，盖以逐山魈也。回船后分别午餐，各船一桌，照例用“十碗头”，大抵六荤四素。在清末六百文已可用，若八百文则为上等，三鲜改用细十锦，亦称蝴蝶参，扣肉乃用反扣矣。范啸风著《越谚》卷中饮食类下列有六荤四素五荤五素名目，注云：“此荤素两全之席，总以十碗头为一席，吉事用全荤，忏事用全素，此席用之祭扫为多，以妇女多持斋也。”此等家常酒席的菜与宴会颇不相同，如白切肉，扣鸡，醋溜鱼，小炒，细炒，素鸡，香菇鳝，金钩之类，皆质朴有味，虽出厨司之手，却尚少市气，故为可取。

在“上坟酒”中还有一种食味，似特别不可少者，乃是熏鹅，据《越谚》注云系斗门镇名物，惜未得尝，但平常制品亦殊不恶，以醋和酱油蘸食，别有风味，其制法虽与烧鸭相似，唯鸭稍华贵，宜于红灯绿酒，鹅则更具野趣，在野外舟中啖之，正相称耳。孙彦清《寄龛丙志》卷四记孙月湖款待谭子敬：

> 为设烧鹅，越常羞也，子敬食而甘之，谓是便宜坊上品，南中何由得此。盖状适相似，味实悬绝，鸮鸮者乃得此过情之誉，殊非意计所及。已而为质言之，子敬亦哑然失笑。

其实不佞倒是赞成鸮鸮者的，熏鹅固佳，别样的也好，反正不能统年都吃，虽然医书上说有发气不宜多食，也别无关系。大凡路远时下山即开船，且行且吃，若是路近，多就近地景色稍好处停船，如古冢大庙旁，慢慢的进食，别不以游览为目的，与《梦忆》所云殊异。平常妇女进庙烧香，归途必游庵堂寺院，不知是何意义，民国以前常经历之，近来久不还乡里，未知如何，唯此类风俗大抵根底甚深，即使一时中绝，令人有萧索凄凉之感，不久亦能复兴，正如清末上坟与崇祯时风俗多近似处，盖非偶然也。

（廿九年六月二日）

【附记】《癸巳类稿》卷十“书镇洋县志后”，《茶香室续钞》二十三“明人以食鹅为重”条，引王世贞《家乘》及《觚不觚》录，言其父以御史里居，宴客进子鹅必去其首尾，而以鸡首尾盖之，曰御史无食鹅例也。盖明清旧例非上等馔不用鹅云。

缘日

到了夏天，时常想起东京的夜店。己酉庚戌之际，家住本乡的西片町，晚间多往大学前一带散步，那里每天都有夜店，但是在缘日特别热闹，想起来那正是每月初八本乡四丁目的药师如来吧。缘日意云有缘之日，是诸神佛的诞日或成道示现之日，每月在这一天寺院里举行仪式，有许多人来参拜，同时便有各种商人都来摆摊营业，自饮食用具，花草玩物，以至戏法杂耍，无不具备，颇似北京的庙会，不过庙会虽在寺院内，似乎已经全是市集的性质，又只以白天为限，缘日则晚间更为繁盛，又还算是宗教的行事，根本上就有点不同了。若月紫兰著《东京年中行事》卷上有《缘日》一则，前半云：

东京市中每日必在什么地方有毗沙门，或药师，或稻荷样等等的祭祀，这便是缘日。晚间只要天气好，就有各色的什么饮食店，粗点心店，旧家具店，玩物店，以及种种家庭用具店，在那寺院境内及其附近，不知有多少家，接连的排着，开起所谓露店来。其中最有意思的大概要算是草花店吧，将各样应节的花木拿来摆着，讨着无法无天的价目，等候寿头来上钩。他们所讨的既是无法无天的价目，所以买客也总是五分之一或十分之一的乱七八糟的还价。其中也有说岂有此理的，拒绝不理的，但是假如看去这并不是闹了玩的，卖花的也等到差不多适当的价钱就卖给客人了。

寺门静轩著《江户繁昌记》初编中有《赛日》一篇，也是写缘日情形的，原用汉文，今抄录一部分如下：

古俚曲词云，月之八日茅场町，大师赛诣不动样，是可以证都中好赛为风之古。赛最盛于夏晚，各场门前街贾人争张露肆，卖器物者皆铺蒲席，并烧萨摩蜡烛，贾食物者必安床阁，吊鱼油灯火，陈果与蓏，烧团粉与明鲞（案此应作鱿鱼），轧轧为鱼鲊，沸沸煎油糍。或列百物，价皆十九钱，随人择取，或拈阄合印，赌一货卖之于数人。卖茶娘必美艳，鬻水声自清凉。炫西瓜者照红笺灯，沽饧者张大油伞。灯笼儿（案据旁训即酸浆）十头一串，大通豆一囊四钱。以硝子坛盛金鱼，以黑纱囊贮丹萤。近年麦汤之行，茶店大抵供汤，缘麦汤出葛汤，自葛汤出卵汤，并和以砂糖，其他殊雪紫苏，色色异味。其际橐驼师（案即花匠）罗列盆卉种类，皆陈之于架上，闹花闲草，斗奇竞异，枝为屈蟠者，为气条者，叶有间色者，有间道者。钱蒲细叶者栽之以石，石长生作穿眼者以索垂之。若作托叶衣花，若树芦干挟枝。霸王树（案即仙人掌）拥虞美人草，凤尾蕉杂麒麟角（原注云，汉名龙牙木）。百两金，万年青，珊瑚翠兰，种种殊趣。大夫之松，君子之竹，杂木骈植，萧森成林。林下一面，野花点缀。杜荣招客，如求自鬻，女郎花（原注云，汉名败酱）媚伴老少年。露滴泪断肠花，风飘芳燕尾香。鸡冠草皆拱立，凤仙花自不凡。领幽光牵牛花，妆闹色洛阳花。卷丹偏其，黄芹萋兮。桔梗簇紫色，欲夺他家之红，米囊花碎，散落委泥，夜落金钱往往可拾。新罗菊接扶桑花边，见佛头菊于曼陀罗花天竺花间。向此红碧绵绮丛间，夹以虫商。宫商缴如，徵羽绎如，狗蝇黄（案和名草云雀，金铃子类）唱，纺绩娘和，金钟儿声应金琵琶，可恶为聒聒儿所夺。两担笼内，几种虫声，唧唧送韵，绣出武藏野当年荒凉之色，见之于热闹市中之今日，真奇观矣。

《江户繁昌记》共有六编，悉用汉文所写，而别有风趣，间亦有与中国用字造句绝异之处，略改一二，馀仍其旧。初编[1]作于天保辛卯（一八三一），距今已一百十年，若月氏著上卷刊于明治辛亥（一九一一），亦在今三十年前，而二书相隔盖亦已有八十年之久矣。比较起来，似乎八十年的前后还没有什么大变化，本乡药师的花木大抵也是那些东西，只是多了些洋种，如鹤子花等罢了。近三十年的变化或者更大也未可料，虽然这并没有直接见闻，推想当是如此，总之西洋草花该大占了势力了吧。

北京庙会也多花店，只可惜不大有人注意，予以记录。《北平风俗类征》十三卷征引非不繁富，可是略一翻阅，查不到什么写花厂的文章，结果还只有敦礼臣所著的《燕京岁时记》，记《东西庙》一则下云：

西庙曰护国寺，在皇城西北定府大街正西，东庙曰隆福寺，在东四牌楼西马市正北，自正月起，每逢七八日开西庙，九十日开东庙。开会之

【锺校】

①“编”原作“篇”。

日，百货云集，凡珠玉绫罗，衣服饮食，古玩字画花鸟虫鱼，以及寻常日用之物，星卜杂技之流，无所不有，乃都城内之一大市会也。两庙花厂尤为雅观，夏日以茉莉为胜，秋日以桂菊为胜，冬日以水仙为胜，至于春花中如牡丹海棠丁香碧桃之流，皆能于严冬开放，鲜艳异常，洵足以巧夺天工，预支月令。

这里虽然语焉不详，但是慰情胜无，可以珍重。这种事情在有些人看来觉得没有意思，或者还是玩物丧志，要为道学家所呵叱。这者我也知道，向来没有人肯下笔记录，岂不就是为此么，但是我仍是相信，这都值得用心，而且还很有用处。要了解一国民的文化，特别是外国的，我觉得如单从表面去看，那是无益的事，须得着眼于其情感生活，能够了解几分对于自然与人生的[①]态度，这才可以稍有所得。从前我常想从文学美术去窥见一国的文化大略，结局是徒劳而无功，后始省悟，自呼愚人不止，懊悔无及，如要卷土重来，非从民俗学入手不可。古今文学美术之菁华，总是一时的少数的表现，持与现实对照，往往不独不能疏通证明，或者反有抵牾亦未可知，如以礼仪

【锺校】

① 原无“的”字，今增。

风俗为中心，求得其自然与人生观，更进而了解其宗教情绪，那么这便有了六七分光，对于这国的事情可以有懂得的希望了。不佞不凑巧乃是少信的人，宗教方面无法入门，此外关于民俗却还想知道，虽是炳烛读书，不但是老学而且是困学，也不失为遣生之法，对于缘日的兴趣亦即由此发生，写此小文，目的与文艺不大有关系，恐难得人赐顾，亦正是当然也。

（廿九年六月，夏至节）

蚊虫药

丁修甫著《武林市肆吟》百首，其九十一云：纸筒樟屑火微熏，药气烟浓夜辟蚊，胜卧清凉白罗帐，青铜钱止费三文。注云："蚊虫药亦列屋货卖。"案丁君卒于辛亥，所咏盖是清末事，蚊虫药值三文，越中亦有之，其时大约每股才二钱耳。制法以白纸糊细管，长二尺许，以锯木屑微杂硫黄等药灌入，或云有黄鳝骨屑尤佳，再压扁蟠曲作圈，纸捻缚其端即成矣。其烟辟蚊颇有效，唯薰帷帐使黄黑，洗濯不退，又蟠放地上，烧灼砖石木板悉成焦痕，是其缺点也。光宣时匠人用洋铁制盘，上加铁丝网为盖，颇便于用，唯贫家仍只以木板作垫而已。俗传有人失蚊帐，往测字，写一四字，卜者视之曰，得无失蚊帐乎，其形宛在，家中人如有名阿四者可问之。阿四不服，欲往难卜者，亦写一四字而作草书，曰蚊帐被窃，卜者熟视曰，勿妄语，汝哪得蚊帐，此字明明说只是一股蚊虫药过夏耳。看见草书四字而即联想到蚊虫药痕，此在江浙人极是寻常，若黄河以北恐难赏识此笑话之趣味矣。

上面这段小文[①]写了之后将近一年，偶阅《武林旧事》，见卷六“作坊”项下有“蚊烟”一条，又“小经纪”，注云他处所无者，亦列有蚊烟，此盖南宋时事也。又《夷坚乙志》卷七，“杜三不孝”条中云，洪州民杜三夏日货蚊药以自给，一日大醉殴其母，俄忽忽如狂，取所合蚊药内砒霜硫黄掬服之，俄顷而死。案据此可知在北宋时江西地方亦已遍行蚊烟，其中杂有砒霜硫黄，且亦称为蚊药，都是很有意思的事。查汪谢城著《湖雅》卷八，“造酿之属”下有“蚊烟”一项，注云：

> 按以浮萍及鳝鳖等骨研末，纸裹为长条，焚之以驱蚊，名曰蚊烟，夏夜露宿无帷帐者莫不用之。每焚一条，可彻夜无蚊，唯气息甚恶，闻之不惯令人头胀，故或呼臭蚊烟。

湖州蚊烟盖亦加入鱼骨，唯以浮萍代木屑，不知从何

【锺校】

① 上面这段小文，曾以“蚊虫药”为题，作为单篇刊 1939 年 12 月 27 日《实报》，署名药堂。

处得如许材料耳。《政和证类本草》卷八“水萍”下云：“《孙真人食忌》，五月浮萍阴干，烧烟去蚊子。”然则用浮萍盖唐时已然，想未必装入纸条，殆只是干而焚之，本来蚊子怕烟薰，不关是什么样的烟也。吾乡称纸卷者为蚊虫药，此外另有蚊烟，民间最通行的是这一种。大抵在黄昏蚊成市时，以大铜火炉生火，上加蒿艾茅草或枫[①]树子，罨之不使燃烧，但发浓烟，置室中少顷蚊悉逃去。做蚊烟以枫树子为最佳，形圆略如杨梅，遍体皆孔，外有刺如栗壳，孔中微有香质，故烟味微香，越中通称曰路路通。《越谚》卷中名物部木类有路路通，注云：“杉[②]子，落山检藏，以备烟薰。”女儿或择其形大而端正者，用水浸软，拔去其刺，用各式绒线穿孔缠扎[③]，状如绣球，可作端午之彩饰，但近年已几不复见矣。又一种用烟驱蚊法则缚艾如火把，点火生烟，名曰艾把，或取艾叶搓为绳，粗略如帐竿竹，名曰艾绳，其用法已与蚊虫药相近，唯费较多而不持久，故在民间通行势力乃远不能及也。

【锺校】

①“枫”原作“杉”。

②“杉”当作“枫”，《越谚》误。

③“扎”原作“札”。

谭埽庵著《小虫赋》，第二十一段咏蚊蚋蠛蠓，有句云："畏烽烟而远窜，狎灯火而猝焚。"自注云：

性恶烟，旧云以艾薰之则溃，然艾不易得，俗乃以鳗鳝鳖等骨为药，纸裹长三尺，竟夕薰之，贫人无帐，每夕必市一裹，耐其臭犹得安寝也。闾巷间呼帐曰蚊厨，因戏呼蚊药之臭曰蚊厨香。其有帐者，夜或盗入，扇驱不肯出，则以灯草火取之，曰焠蚊子。

又句云："古日中而为市，改抢攘于朝昏。"注云：

夕则呼聚于檐外，乃入室，曰夜市，晓则呼聚于室中，乃散匿暗处，曰朝市，殊有准度。俗指日暮则云蚊子做市矣，指晓起则云蚊子尚未出市，以为程。所谓聚蚊成雷者，正其市声也。

这两章都说得颇好，前者可以与《湖雅》所言相印证，论时间却已早了二百五十年了，后者则可作蚊市的说明，也正是有用的文字。我们小时候在书房里对课，大抵总遇见过蚊雷这一类的题目，至于蚊虫做市尤[1]其是一句口头话，无人不知的。但是到了北京来一看，便觉得情形有点儿不同，除什刹海左近一带以外，大抵没有什么蚊子，平常可以不用蚊帐，点香辟

【锺校】

①"尤"原作"犹"。

虫也以白蛉为对象，称为白蛉子香，蚊市这类事自然更少人知道，在书上看见就须得注解了。洪北江著《外家纪闻》中有一则云：

> 外家课子弟极严，自五经四子书及制举业外不令旁及。自成童入塾后晓夕有程，寒暑不辍。夏月别置大瓮五六，令读书者足贯其中，以避蚊蚋。

这虽不及囊萤映雪之奇，也是读书的一个好典故，在昔时恐怕还是常有的，也觉得颇有意思。北京则蚊子既不多，即瓮亦少见，盖此非常瓮，乃是小口大腹，俗语所谓甏者是也。

（廿九年八月一日）

炒栗子

日前偶读陆祁孙的《合肥学舍札记》，卷一有《都门旧句》一则云：

> 住在都门得句云，栗香前市火，菊影故园霜。卖炒栗时人家方莳菊，往来花担不绝，自谓写景物如画。后见蔡浣霞銮扬诗，亦有栗香前市火，杉影后门钟之句，未知孰胜。

将北京的炒栗子做进诗里去，倒是颇有趣味的事。我想芗婴居士文昭诗中常咏市井景物，当必有好些材料，可惜《紫幢轩集》没有买到，所有的虽然是有“堂堂堂”藏印的书，可是只得《画屏斋稿》等三种，在《艾集》下卷找到《时果》三章，其二是《栗》云：

> 风戾可充冬，食新先用炒。
>
> 手剥下夜茶，饤盘妃红枣。
>
> 北路虽上番，不如东路好。

居士毕竟是不凡，这首诗写得很有风趣，非寻常咏物诗之比，我很觉得喜欢，虽然自己知道诗是我所不大懂的。说到炒栗，自然第一联想到的是放翁的笔记，但是我又记起清朝还有些人说过，便就近先从赵云崧的《陔馀丛考》查起，在卷三十三里找到《京师炒栗》一条，其文云：

今京师炒栗最佳，四方皆不能及。按宋人小说，汴京李和炒栗名闻四方，绍兴中陈长卿及钱恺使金，至燕山，忽有人持炒栗十枚来献，自白曰，汴京李和儿也，挥涕而去。盖金破汴后流转于燕，仍以炒栗世其业耳，然则今京师炒栗是其遗法耶。

这里所说似乎有点不大可靠，如炒栗十枚便太少，不像是实有的事。其次在郝兰皋的《晒书堂笔录》卷四有《炒栗》一则云：

栗生啖之益人，而新者微觉寡味，干取食之则味佳矣，苏子由服栗法亦是取其极干者耳。然市肆皆传炒栗法。余幼时自塾晚归，闻街头唤炒栗声，舌本流津，买之盈袖，恣意咀嚼，其栗殊小而壳薄，中实充满，炒用糖膏则壳极柔脆，手微剥之，壳肉易离而皮膜不黏，意甚快也。及来京师，见市肆门外置柴锅，一人向火，一人坐高凳子上，操长柄铁勺频搅之令匀遍。其栗稍大，

> 而炒制之法，和以濡糖，借以粗沙，亦如余幼时所见，而甜美过之，都市炫鬻，相染成风，盘饤间称佳味矣。偶读《老学庵笔记》二，言故都李和炒栗名闻四方，他人百计效之，终不可及。绍兴中陈福公及钱上阁出使虏庭，至燕山忽有两人持炒栗各十裹来献，三节人亦人得一裹，自赞曰李和儿也，挥涕而去。惜其法竟不传，放翁虽著记而不能究言其详也。

所谓宋人小说，盖即是《老学庵笔记》，十枚亦可知是十裹之误。郝君的是有情趣的人，学者而兼有诗人的意味，故所记特别有意思，如写炒栗之特色，炒时的情状，均简明可喜，晒书堂集中可取处甚多，此其一例耳。糖炒栗子法在中国殆已普遍，李和家想必特别佳妙，赵君以为京师市肆传其遗法恐未必然。绍兴亦有此种炒栗，平常系水果店兼营，与北京之多由干果铺制售者不同。案孟元老著《东京梦华录》卷八，《立秋》项下说及李和云：

> 鸡头上市，则梁门里李和家最盛。士庶买之，一裹十文，用小新荷叶包，糁以麝香，红小索儿系之。卖者虽多，不及李和一色拣银皮子嫩者货之。

李李村著《汴宋竹枝词》百首，曾咏其事云：

明珠的的价难酬，昨夜南风黄嘴浮，

似向胸前解罗被，碧荷叶裹嫩鸡头。

这样看来，那么李和家原来岂不也就是一爿鲜果铺么？

放翁的笔记原文已见前引《晒书堂笔记》中，兹不再抄。三年前的冬天偶食炒栗，记起放翁来，陆续写二绝句，致其怀念，时已近岁除矣，其词云：

燕山柳色太凄迷，话到家园一泪垂，

长向行人供炒栗，伤心最是李和儿。

×

家祭年年总是虚，乃翁心愿竟何如。

故园未毁不归去，怕出偏门过鲁墟。

先祖母孙太君家在偏门外，与快阁比邻，蒋太君家鲁墟，即放翁诗所云轻帆过鲁墟者是也。案《嘉泰会稽志》卷十七草部，《荷》下有云：

出偏门至三山多白莲，出三江门至梅山多红莲。夏夜香风率一二十里不绝，非尘境也，而游者多以昼，故不尽知。

出偏门至三山，不佞儿时往鲁墟去，正是走这条道，但未曾见过莲花，盖田中只是稻，水中亦唯有大菱茭白，即鸡头子也少有人种植。近来更有二十年以上不曾看见，不知是什么形状矣。

（廿九年三月二十日）

野草的俗名

《缘督庐日记抄》卷十三，光绪丁未四月下云：

初七日，往返田塍，见野花，指问村人。野木犀枝叶花朵皆如桂，但白色，墙上有藤下垂如金银花，亦白色，土人谓之石沿藤花。又有小红花，瓣如障扇形，土人名山荷花浪。此皆土俗语，若欲考其名义，须检《尔雅》《本草》①。

叶鞠裳好古，故尊信《尔雅》《本草》，但土俗语亦自佳，即古书中名义多自俗名出，注疏家亦多征引，若郝兰皋的《尔雅义疏》最为显著，不佞亦正以此益喜之也。毛子晋著《毛诗陆疏广要》，疏解颇详，后刻入《青照堂丛书》中，有李时斋批语常引俗名，在“采采芣苢”条云：

车前以多生道旁故名，吾乡人或名猪耳。叶

【锺校】

①“本草”原作“本经”。

断之有丝，小儿或呼为老婆绩线。

此于经说或博物学上不知价值若何，却是民俗志的好资料，可以见平民或儿童心理，不单是存方言而已。范啸风著《越谚》卷中记名物，花草项下有绍兴土俗名数条，稍为增补注释共得八则。

（一）臭婆娘

臭婆娘，《越谚》注云：

其子细，其气臭，善惹人衣。《留青日札》名曰夫娘子，实即《尔雅》所谓蘮蒘窃衣耳。越呼是名。

钱沃臣《蓬岛樵歌续编》注云：

《留青日札》，草子甚细，其气臭恶，善惹人衣者，名曰夫娘子。南方谓妇人无行者曰夫娘，盖言其臭恶善惹人者。案即《尔雅》蘮蒘窃衣，俗曰臭花娘草。

钱君为象山人，可知宁绍方言相同也。郝兰皋《尔雅义疏》下一“窃衣”注云：

今按此草高一二尺，叶作桠缺，茎头攒蔟，状如瞿麦，黄蕊蓬茸，即其华敷，粘着人衣不能解也。

《本草》似未著录。日本中勘助著小说《银茶匙》前篇四十三叙岩桥至丛莽中采取狗虱，撒人衣发上，盖即此物，亦是土俗名，字书上无考，平常只如字解作狗身上虱，此殆以形似而借用也。

（二）官司草

官司草，《越谚》作“官私草”，注云：“有茎而韧，孩童争胜为戏。”案此即是车前，如苏颂所云，春初生苗，叶布地如匙面，中抽数茎作长穗如鼠尾，花甚细密，青色微赤。儿童拔其茎，对折相套，用力拉之，断者为输，盖是斗草之戏也。俗称诉讼为打官司，故有此名，“官私”疑误。尤西堂著《艮斋续说》卷七云：

> 《芣苡序》曰，后妃之美也，和平则妇人乐有子矣。《传》曰，文王之时，万民和乐，儿童歌谣。申公亦谓童儿斗草嬉戏歌谣之词。今急口读之，其声甚似。

《诗传》《诗说》原系丰道生伪作，但斗草之说亦颇可喜，姚首源在《通论》中大加以嘲笑，未免以人废言矣。日本寺岛良安编《和汉三才图会》卷九十四有角牴草一项，注云：

> 案角牴草原野湿地有之，叶布地丛生，微扁，似石菖而色浅。秋起茎，顶作穗，青白色，

可有细子而不见。其茎扁，强健，长六七寸，小儿取茎绾穗结如钱禤，而用二个，一插其结处，两人持茎相引而断者为输以戏，因此草俗名相扑草。

看图盖是莎草类，儿童游戏用法相同，故名亦相类，在中国不知何名也。《和汉三才图会》原用汉文，今仍其旧，唯一二费解处稍为修改。

（三）黄狗尾巴

黄狗尾巴，《越谚》无注。《尔雅义疏》下一“稂童粱”下引郑志：“韦曜问云，《甫田》维莠今何草？答曰，今之狗尾也。”《本草纲目》卷十六“狗尾草”下，时珍曰：“莠草秀而不实，故字从秀。穗形像狗尾，故俗名狗尾。”《和汉三才图会》注云：“案狗尾草原野多有之，小儿用之钩蛙为戏者。”在中国不闻有此游戏，但小儿亦喜采取玩弄耳。

（四）碰鼻头草

碰鼻头草，《越谚》湴浡头草，注云：“似莼。”《本草纲目》卷十九“荇菜”下，时珍曰：

荇与莼，一类二种也，并根连水底，叶浮水上。其叶似马蹄而圆者，莼也；叶似莼而微尖长者，荇也。夏日俱开黄花，亦有白花者。

这里所谓碰鼻头草盖是荇而非莼。越中多水，城内道路几乎水陆并行，乡下则河港尤阔大，交通必赖舟楫，人民对于水里的东西自然特别感有兴趣。如坐“躅桨船”——《越谚》卷中注云：“小而快，用脚踏桨，桨在后，躅从《荀子·礼论篇》注。”案躅字无可注音，当读如绍兴音“弱”——中，进村间小溇，见两岸碧叶贴水，间开黄白小花，随桨波而上下，便知俗名之妙，老百姓非全无幽默者也。《诗经·周南》云：“参差荇菜，左右流之。”仿佛亦有此意，此固非如范啸风所谓今之闭户攻八股者所能领会者也。

（五）老弗大

查旧日记有一节讲到老弗大，时为光绪己亥（一八九九）十月十六日，其文云：

> 午至乌石头墓所，拔老弗大约三四十株。此越中俗名也，即平地木，以其不长故名，高仅二三寸，叶如栗，子鲜红可爱，过冬不凋，乌石极多，他处亦有之。性喜阴，不宜肥，种之墙阴背日处则明岁极茂，或天竹下亦佳，须不见日而有雨露处为妙。

陈淏子著《秘传花镜》卷三花木类考中平地木一则云：

平地木高不盈尺，叶似桂，深绿色，夏初开粉红细花，结实似南天竹子，至冬大红，子下缀可观。其托根多在瓯兰之傍，虎茨之下，及岩壑幽深处。二三月分栽，乃点缀盆景必需之物也。

越中此草很常见，盆栽易茂，北方似无有，唯在日本亦有之，俗名薮柑子，或写汉名紫金牛，为植物学的一科名。杉木唯三著《植物和汉异名辞林》在“薮柑子”下亦收录“平地木”一名，而知者盖鲜。日本译《呐喊》序文中有“结子平地木”一语，译注云：“内蒙古克什克腾旗西南的围场称平地松林，平地木殆其地所出产耶。”此则舍近求远，未免徒劳而无功也。

（六）天荷叶

《本草纲目》卷二十《虎耳草》下，时珍曰：

虎耳草生阴湿处，人亦栽于石山上，茎高五六寸，有细毛，一茎一叶如荷盖状，人呼为石荷叶，叶大如钱，状似初生小葵叶及虎之耳形，夏开小花淡红色。

《花镜》卷四《藤蔓类考》云：

> 虎耳一名石荷叶，俗名金丝草。其叶类荷钱，而有红白丝缭其上，三四月间开小白花。春初栽于花砌石罅，背阴高处，常以河水浇之，则有红丝延蔓遍地，丝末生苗，最易繁茂，但见日失水，便无生理矣。

此节所说最得要领，盖叶上红白丝与红丝延蔓俱是天荷叶的特色，小时候对于此草觉得有兴趣即在此诸点，西湖花隐翁亦注意及此，这是很有意思的事。

（七）骨牌草[①]

《本草纲目》卷二十《石韦》下，时珍曰："多生阴崖险罅处，其叶长者近尺，阔寸馀，柔韧如皮，背有黄毛，亦有金星者，名金星草。叶凌冬不凋。"又《金星草》下引掌禹锡云：

> 喜生背阴石上净处及竹箐中少日色处，或生大木下及背阴古瓦屋上，初出深绿色，叶长一二尺，至深冬背生黄星点子，两两相对，色如金，因得金星之名。

越中所见叶只长一二寸，黄星亦两两相对，因形似骨牌，故得是名。俗传如能收集三十二张成一副，便是

【锺校】

①"骨牌草"原作"牌草"。

神药，可治虚损，服法已记不清，大抵是炖老鸭吃吧。陈伯雨著《金陵物产风土志》中云："钟山多药材，有骨牌草者，点肖其牌，云能治劳瘵，《本草》所未载也。"即是此草，《本草》中曾载着，但云主治疮毒为异耳。

梁茝林著《浪迹续谈》卷五有《骨牌草》一则云：

骨牌之戏自宋有之，宣和谱以三牌为率，凡六面，即骰子之变也。近时天九之戏见于明潘之恒《续叶子谱》，云近丛睦好事家变此牌为三十二叶，可执而行，则即今骨牌碰湖之滥觞也。今张氏如园中有骨牌草，春深时丛生各地，草叶狭而长，其叶尾各有点子浮起，略似骨牌之式，天牌及地牌最多，唯虎头略少。余在扬州时即闻有此草，佥言若得三十二叶，点子皆全者，可治血症[①]，而实未曾目见此草。今乃于如园中亲手摘视，未知先有此草而后有骨牌，抑先有骨牌而后生此草，不可得而详矣。

案金星草已见于《嘉祐本草》，又《益部方物略[②]》中亦载，可知宋时已入药，唯骨牌草之名则当起于近

【锺校】

① "症"原作"证"。

② 此处原衍"记"字，已删。

代耳。掌禹锡称其叶长一二尺，宋子京赞亦云长叶丛生，盖是生在阴崖深菁中者，昔在故园所见都在木犀枝间，故颇短小，或是变种也。

（八）咸酸草

《本草纲目》卷二十《酢浆草》下，时珍曰：

> 苗高一二寸，丛生布地，极易繁衍，一枝三叶，一叶两片，至晚自合帖，整整如一。四月开小黄花，结小角，长一二分，内有细子。

苏颂曰："初生时小儿喜食之。"案此所说均合，小儿摘叶食之，味微酸，故名。小野兰山著《本草纲目启蒙》卷十六引《闽书》，亦云咸酸草，与越中同。

此外本来还有两三种植物要说，今姑从略。上面我所记的只是物名，引了古书稍加注释，表示对于土俗语的兴味之一斑[①]而已，这在方言与民俗学上的意义未曾有所说明。柳田国男在所著[②]《民间传承论》第八章"言语艺术"中有关于动植物俗名的几段话，都说得极好，今摘译其植物名一部分于下：

> 鸭头草的方言实在很多，有叫作染坊的老奶

【锺校】

①"斑"原作"班"。

②"著"原作"述"。

> 奶或染店客人者，这就把新造此语的时代也指示给我们了。染坊职业化了，普及于国内，在足利时代之末，江户前期顷，村人看了这花的蓝色，便去与新近印象很深的染坊连接起来，其定名的时代差不多就可推知了。曼珠沙华（案即石蒜，越中称蟑螂花）也有种种名字，因为在彼岸（案即春秋分前后各三日，共七日称彼岸）时分开花，故称为彼岸花；或远望其形状而定名的，曰狐花；又因触着感觉疼痛而曰烂手，曰保世花，也是好玩的名字。保世留者，四国之方言，意云使热辣辣的痛也。又有地方嫌恶此花，称之曰死人花；或则因其开在水边，故取水怪之名称之曰猿猴花，河童花。（案猿猴借音，即是河童之别名，似溺鬼而系生物云。）这种名字在远隔地方也会相同，或由传闻而沿用者当亦有之，但偶然命名一致者盖亦多有。如称此花为河童花，在各地方多用河童的方言下再着一花字为名。

中国方言亟待调查，声韵转变的研究固然是重要，名物训诂方面也不可闲却，这样才与民俗学有关系，只怕少有人感兴趣，不单是在这时候没有工夫来理会这些事也。

（廿六年八月七日在北平）

谈俳文

我看中国游戏文章，常想到日本的俳文，虽然讲起俳文又非回到游戏文章上来不可，这样说法似乎有点缠夹，但这是事实如此，因为俳文的根源可以说是本在中国，然而两者在本国文学上的地位却又很有不相同，把他们拉在一起来看看，不但好玩也是很有意思的事吧。

俳文原来是日本的名词，具说当云俳谐文，或俳谐体的文章。日本古时诗歌形式本有好几种，后来只存短歌一体，通称和歌，即以五七五七七凡五节三十一音合成的小诗。这原应分作五七、五七、七这三段落，可是普通总分为五七五、七七两节，于是有时两人联句合作，为连歌之原始，或区别之曰短连歌。普通所谓连歌皆是长连歌，即以和歌十八或廿五或五十首连接而成，称曰三十六韵或五十或百韵，由三人以上联句，宜于歌会雅集，但最多的还是三十六韵，因古时有三十六歌仙之选，遂亦名之曰歌仙。据说在平安朝后期即十一世纪初已有连歌，至室町朝（十三四世纪）乃有俳谐连歌兴起，后略称俳谐，读若Haikai，今欧人即用此称以指俳句，其实俳句原只是俳谐连歌的第一句，后来独立成为短诗之一体者也。俳文者即是这些弄俳谐的人所写的文章。有名的俳人向井去来曾说："以俳谐写文章为俳谐文，咏歌为俳谐歌，躬行则俳谐之人也。"俳谐的名称当然是出于中国，讲出典的必引《史记滑稽列传》索隐云："姚察云，滑稽犹俳谐也。"又谷素外《俳谐根源集》引《左传正义》云："宋太尉袁淑取古之文章令人笑者次而题之，名曰《俳谐集》。"查《隋书经籍志》，有《俳谐文》十卷，袁淑撰。今其书虽已佚，在唐代类书如《艺文类聚》《初学记》中尚有留遗，据严铁桥辑《全宋文》卷四十四所录共有五篇，而以《驴山公九锡文》为最有名，引书名或为《俳谐记》或为《俳谐集》，均不能一致。杜子美集中亦有《戏作俳谐体遣闷二首》，其词云："异俗吁可怪，斯人难并居。家家养乌鬼，顿顿食黄鱼。旧识能为态，新知已暗疏。治生且耕凿，只有不关渠。""西历青羌坂，南留白帝城。於菟侵客恨，粔籹作人情。瓦卜传神语，畬田费火声。是非何处定，高枕笑浮生。"范石湖集中也有类似的作品，卷二十三中有“上元纪吴中节物俳谐体三十二韵”，很看得出是模仿老杜的，后半有数联云：“筵篿巫志怪，香火婢输诚。帚卜拖裙验，箕诗落笔惊。微如针属尾，贱及苇分茎。”细写扫帚姑、筲箕姑、针姑、苇姑等民间习俗，但后边就接着说：“末俗难诃止，佳辰且放行。”又云：“生涯唯病骨，节物尚乡情。掎摭成俳体，咨询逮里氓。”可见他对于这些事都很有情意，与老杜看巴蜀异俗的态度不同，唯其为俳谐体则一也。此等诗中并不见有啮妃女唇甘如饴，或迫窘诘屈几穷哉的话头，似乎看不出什么俳谐的地方，但如家家养乌鬼顿顿食黄鱼，用常语写俗事，与普通的诗有异，即此便已是俳谐，日本俳谐师所谓以俳言作歌，亦是谓常谈平话而非古文雅语耳，此亦是二者相近的一点也。散文方面却很有点不同，袁阳源的那些九锡或劝进文等拟作，其俳谐味差不多就在尊严之滑稽化，加上当时政治的背景，自然更有点意思，这是可暂而不可常的，若是动物之拟人化，那是“古已有之”的玩意儿，容易觉得陈年，虽然喜欢这套把戏的人倒是古今都不会缺少的。正经如韩退之也还要写《毛颖传》之类，可以知道这里的消息了，不过这是没有出路的，我个人无论怎么喜欢俳谐之作，此时也不得不老实的说也。

日本的俳文有一种特别的地方，这不是文人所做而是俳人即俳谐诗人的手笔，俳人专做俳谐俳连歌以及俳句（在以前称为发句，意云发端的一句），也写散文，即是俳文，因为其观察与表现之法都是俳谐的，没有这种修练的普通文人便不能写。其实俳谐文学也经过好些变迁，俳文的内容并不一样，有的闲寂幽玄，有的洒脱飘逸，或怡情于花鸟风月，或留意人生的滑稽味，结归起来可分三类，一是高远清雅的俳境，二是谐谑讽刺，三是介在这中间的蕴藉而诙诡的趣味，但其表现的方法同以简洁为贵，喜有馀韵而忌枝节，故文章有一致的趋向，多用巧妙的譬喻适切的典故，精练的笔致与含蓄的语句，又复自由驱使雅俗和汉语，于杂糅中见调和，此其所以难也。松尾芭蕉（一六四四至一六九四）是俳谐开山的祖师，他将连歌从模拟与游戏中间救了出来，变成一种寄托自然与人生的文艺，所写文章亦即为俳文的首源。门人森川许六编《风俗文选》十卷，集录芭蕉及其门下所为文，甚为后世所珍重。横井也有（一七〇二至一七八三）继其后为俳文大家，著有文集《鹑衣》四编凡十一卷，称为绝作，其后篇卷下有《六林文集序》，曾评芭蕉的俳文云："芭蕉之文正而俗中不失雅，譬如高门之士，扮作草笠道袍花下凭几，而成串团子终不下手，单饮茶休息着，不到此境地的人难及也。”此种文章读且不易，更不必说译了。前年冬天偶写《老年》一文，曾将芭蕉的一篇《闭关说》译出抄在里边，今便转录于下，取其现成可以利用作俳文之一标本耳。其词云：

色者君子所憎，佛亦列此于五戒之首，但到底难以割舍，不幸而落于情障者，亦复所在多有。有如独卧人所不知的藏部山梅树之下，意外的染了花香，若忍冈之眼目关无人看守者，其造成若何错误亦正难言耳。因渔妇波上之枕而湿其衣袖，破家失身前例虽亦甚多，唯以视老后犹复贪恋前途，苦其心神于钱米之间，人情物理都不了解，则其罪尚大可恕也。人生七十世称希有，一生之盛时乃仅二十馀年而已。初老之至，有如一梦。五十六十渐就颓龄，衰朽可叹，黄昏即寝，黎明而起，醒时思惟，复何所贪耶。愚者多思，烦恼增长，有一艺之长者亦长于是非。以此为渡世之业，在贪欲魔界中使心怒发，溺于沟洫，不能善遂其生。南华老仙破除利害，忘却老少，但令有闲，为老后乐，斯知言哉。人来则有无用之辩，外出则妨他人之事业，亦以为憾。孙敬闭户，杜五郎锁门，以无友为友，以贫为富，庶乎其可也。五十顽夫，书此自戒。

朝颜花呀，白昼是下锁的门的围墙。

末行是一首俳句，大意是说早晨牵牛花开着，或者出来一走，平时便总是关着门罢了。又有一篇《徒然词》，因为篇幅很短，也就译录于后：

居丧者以愁为主人，饮酒者以乐为主人，住于愁者以愁为主人，住于徒然者以徒然为主人。西行上人诗有云，若无寂寞则山居亦难耐，是以寂寞为主人罢。又咏曰：

山乡里又在叫谁呢，呼子鸟？

我本是想独居的，没有比独居更有趣的事了。长啸隐士曰，客得半日之闲则主人失半日之闲。素堂常爱此言，余亦有句云：

使忧郁的我更寂寞也罢，闲古鸟。

这一篇小文虽然有名，可是不能译得好，只能看其大意而已。呼子鸟与闲古鸟本是一物，据说他的叫声很是凄寂，在中国大约是布谷之类吧。徒然作无聊解，题目如此，今仍之。横井也有的俳文佳作甚多，前篇卷下有《妖物论》即其一，其文云：

世间有妖物这东西，多出现为女人小儿，虽然听说有大和尚头剃顶搭者，却终未听见过。或问，只在夜里出来，何故？答云，因为白昼常有小孩们聚集，觉得麻烦，此殆可谓即事的名言欤。如与小胆的作对手，其技艺便大有成就，若遇武功之人则蒙意外的失败。鬼化伯母，索还賂膊，狐化伯父，训斥设谅。诚然，鬼如为伯藏主，而狐变为伯母，则其情状亦遂无甚意思耳。凡此者其皆正风自然之本姿所应尔耶。人们大抵总说是狐狸所为，偶然亦有猫精水怪的消息，但原形之追究乃使后台显露，殊无趣味。只是别无道理的妖怪，斯乃大有风致也。抑神因洒汤而附体，佛因称名而来迎，唯此妖物与百物语相感应，乃无一定之形，既不载于《三才图会》之书，亦不及于《训蒙图汇》之笔，但留其可耻的形貌于红面的小人书而已。且古今之美人国色其末路皆不雅观，或落魄关寺，或彷徨桧垣，或为猿泽池之藻屑所缠，或为马嵬原之草叶所覆，终复归于东坡九相之鉴定，亦正太烦，唯独此物之终，不藉拉幕之阴影，亦不需扫帚抹布之随其后，消灭似的忽然不见，此真是说不尽的可喜庆者也。

也有的将[1]这篇《妖物论》拿去与芭蕉的《闭关

【锺校】

① 原无"将"字，今增。

说》相比，显见得庄谐很有不同了。芭蕉差不多是金冬心所谓心出家庵饭粥僧，虽然他的著作全没有方外的酸馅气，但是他有闲寂自然与禅悦相通的俳境，不是凡人所能企及，他的诗不必说，文亦都能表示出这境界来。也有乃是中流士人，既弄俳谐自然奉芭蕉为祖师，却不见得有禅的趣味，一方面正当滑稽文学盛行，又因为敦厚的性格与博洽的知识，使他不能就走入那边去，结果是仿佛站在中间，自成一种姿态。我们如改评语来说，花下凭几，随手抓成串的团子吃，却仍不失其高致，庶几得之。芭蕉之风息矣，人琴俱亡，再说闭关者犹画有脚蛇也，《鹑衣》四编更为平易近人，至近称为俳文的杰作，上文略加引述，以见一斑。至于谐谑讽刺的一路，因为重在文字上的游戏，移译更难，姑从略。

日本散文的系统古时有汉文和文两派，至中古时和汉混淆别成一体，即为今语文的基本，俳文于此更使雅俗混淆，造出一种新体裁，用以表现新意境耳。到了现代则西洋文学思想流入国中，文字又一改变，蒙田阑姆的文章既多读者，自有影响，此等岂非洋俳文乎？故现今日本的随笔（即中国所谓小品）实在大半都是俳文一类，除高滨虚子尚自称其文集为新俳文外，并没有人再标榜俳文，也没有人咒骂，这情形其实是对的，虽然在中国这恐怕永久不会得被了解。平心的想，这在中国也是对的，盖中国是惜字纸的崇拜文字的国，有经书的国，与日本绝不相同，大家希望以文章报国或救国，眼见得如此被随便的使用，又那得不辫发上指屋栋也。

【附记】 也有文中“妖物”正译当作妖怪，原题如此写，故名从主人。罗生门的妖鬼为渡边纲所败，失其一臂，乃化形为纲之伯母，将臂取还。猎人设弶捕狐，狐幻为伯父伯藏主来加以禁诫，乃为油煎老鼠所诱，终落弶中，见《狂言》。正风亦云蕉风，谓芭蕉派的俳谐。猫精原云猫又，水怪云河童，或谓即中国所云水虎，恐未的。小野小町老后落魄，乞食于近江之关寺，谣曲中有《关寺小町》一篇。筑紫之名妓桧垣年老穷居，有访之者，见白发老妪汲水进陋屋去，盖即其人云。又奈良朝有宫人失宠，投猿泽之池以死，帝哀之，至池边吊其遗迹，见《大和物语》。马嵬当然是杨贵妃的故事。原文云左良左礼，直译为被横陈于草叶，稍不顺遂，漫改作覆字。九相者列举死后形相，自新死相至骨散相古坟相，盖出于佛教之不净观，云苏东坡有诗，查诗集却未见。百物语是一种说鬼的会，夜间集数人轮流说鬼怪故事，油灯中燃灯心百枝，每讲一故事了则灭其一，夜渐阑那灯亦渐暗，至百物语讲了而灯灭，必有可怕的怪物出现云。

（廿六年四月十八日记于北平）

再谈俳文

现在想来略谈中国的俳文，这件事却是不大容易，因为古人对于俳谐这东西大都是没有什么好感的。刘彦和著《文心雕龙·谐隐》第十五云：

谐之言皆也，辞浅会俗，皆悦笑也。昔齐威酣乐而淳于说甘酒，楚襄宴集而宋玉赋好色，意在微讽，有足多者。及优旃之讽漆城，优孟之谏葬马，并谲辞饰说，抑止昏暴，是以子长编史，列传滑稽，以其辞虽倾回，意归义正也。但本体不雅，其流易弊，于是东方枚皋，餔糟啜醨，无所匡正而诋嫚媟弄，故其自称为赋，乃亦俳也，见视如倡，亦有悔矣。至魏文因俳说以著笑书，薛综凭宴会而发嘲调，虽抃推席（原文）而无益时用矣。然而懿文之士未免枉辔，潘岳“丑妇”之属，束皙卖饼之类，尤而效之，益以百数。魏晋滑稽，盛相驱扇，遂乃应玚之鼻方于盗削卵，张华之形比乎握舂杵，曾是莠言，有亏德音，岂非溺者之妄笑，胥靡之狂歌欤。

刘君是中国空前的文学批评家，这里把俳谐文章的经过很有条理的说出来，是难得的事，但他是正统派，即使不去看他起首的原道征圣这几章，也是一目了然的。正统派看重正经文章，俳谐当然不足齿数，但是假如这有实用，特别是在政治与风教方面，那么也还可以容许。《史记·滑稽列传》中云："太史公曰，天网恢恢，岂不大哉，谈言微中，亦可以解纷。"又记优旃云："优旃者，秦倡侏儒也，善为笑言，然合于大道。"意思都很相像。若是"无益时用"，那就不足道了。为什么呢？因为这样的诙[1]谐不是倡也总是俳，该为士大夫所不齿的。《汉书》枚乘传说及枚皋的事有云："皋不通经术，诙笑类俳倡。……皋赋辞中自言为赋不如相如，又言为赋乃俳，见视如倡，自悔类倡也。"颜师古注云；"俳，杂戏也。倡，乐人也。"又《急就章》十六云："倡优俳笑观倚庭。"颜注云："倡，乐人也。优，戏人也。俳，谓优之亵狎者也。笑，谓动作云谓皆可笑也。"盖古时倡以吹弹，优以科诨服事普天下看官，不，那时最大或唯一的看

【锺校】

① 原无"诙"字，今增。

官大抵只有皇帝，有些文人也走这条路以求悦笑，正是可能的事。《滑稽列传》后褚先生记东方朔事有云："朔行殿中，郎谓之曰，人皆以先生为狂。朔曰，如朔等所谓避世于朝廷间者也，古之人乃避世于深山中。"又朔《诫子》文中有云："首阳为拙，柳惠为工。"显然表明他的态度，在金马门持戟，本来与在市场唱大鼓书无甚不同，俳谐与倡优本不必再争座位的高下，枚君乃未免发牢骚，盖不独思想欠旷达，抑亦认识之尚未明了欤？

不过如上边所说的情形大约也就同了汉朝一起完结了。后来的皇帝仿佛是只要听倡优的打诨就够了，文人不大能够再挨近前去说游戏话，他们的事情只有伏在地上，或是磕头颂扬功德，或是上疏强谏。他们即使有俳谐的本领，谈言微中可以解纷的机会没有了，也就无可施展，这是没有法子的事，文章写了出来只能供同好的欣赏，这时候批评家如要期望他去抑止昏暴，未免犯了时代错误的毛病了。这转变如刘彦和所说可以放在魏晋之际吧，至于转变得是好是坏，我们不能轻易赞成刘君的说法，在我个人倒觉得这是往好的一方面转的。至少是已经离开了政治与实用，不再替人家办差使了，多少可以去发达自己，虽然还不能成功为像样的一种艺术品，也总是颇有希望了吧。上文所云潘岳“丑妇”今未能详，束晳《饼赋》尚存，写做饼啖饼的情状，看起来也并不坏，如云：“弱如春绵，白如秋练。气勃郁以扬布，香飞散而远遍。行人失涎于下风，童仆空嚼而斜眄。举器者舐唇，立侍者干咽。”袁淑的《俳谐文》十卷虽已失传，类书中还留下几篇，如《庐山公九锡文》中云：“青脊隆身，长颊广额；修尾后垂，巨目双磔。斯又尔之形也。嘉麦既熟，实须精面；负磨回衡，迅若转电；惠我众庶，神祇获荐。斯又尔之能也。”这种咏物写事的文章我觉得也就不错，比嚼甘蔗滓似的正经文恐怕还要有意思，如《猗觉寮杂记》所云，用驴磨面的纪载也始见于此。这一类俳谐文尽管被批评家所骂，做的还是在做，我们只看韩退之的《毛颖传》便可知道。传中云：“遂猎，围毛氏之族，拔其豪，载颖而归，献俘于章台宫，聚其族而加束缚焉。”又云：“后因进见，上将有任使，拂拭之，因免冠谢。上见其发秃，又所摹画不能称上意。上嘻笑曰，中书君老而秃，不任吾用，吾尝谓君中书，君今不中书耶。”只是文不骈偶，内容正是普通的俳谐文。柳子厚作《题后》云：

> 且世人之笑之也，不以其俳乎，而俳又非圣人之所弃者。《诗》曰，善戏谑兮，不为虐兮。太史公书有《滑稽列传》，皆取乎有益于世者也。

故学者终日讨说答问，呻吟习复，应对进退，掬溜播洒，则罢惫而废乱，故有息焉游焉之说，不学操缦，不能安弦，有所拘者，有所纵也。大羹玄酒，体节之荐，味之至者，而又设以奇异小虫水草，楂梨橘柚，苦咸酸辛，虽蜇吻裂鼻，缩舌涩齿，而咸有笃好之者，文王之昌蒲菹，屈到之芰，曾皙之羊枣，然后尽天下之奇味以足于口。

柳君为文矜张作态，不佞所不喜，上文所说滑稽有益于世非圣人所弃，本系唾馀亦不足道，后边说的却对，换一句话说，笑悦本亦是人情耳。王勉夫在《野客丛书》中又论之曰：

小宋状元谓退之《毛颖传》古人意思未到，所以名家。洪庆善谓《毛颖传》柳子厚以为怪，余以为乌有子虚之比。《容斋随笔》谓《毛颖传》人多以为怪，子厚独爱之，退之此作疑有所本，人自不知耳。观《隋志》谓《古俳谐文》三卷，如沈约《弹芭蕉文》亦载其间，乌知自古以来无《毛颖传》比者。观《蜀志》先主嘲张裕曰，昔吾居涿县，特多毛姓，东西南北皆诸毛也，涿人之称曰诸毛云云。《毛颖传》萌芽此意。其间如曰：自结绳以至秦，阴阳卜筮，占相医方，族氏山经地志，九流百家之书，皆所详悉。

此意出于蔡邕成公绥《笔赋》，郭璞《笔赞》。异时文嵩作《松滋侯传》，司空图作《容成侯传》，而本朝东坡先生作《罗文》等传，其机杼自退之始也。

这类文章的系统说的很得要领，我们如把他拉长，可以一直接到近代。今举清初陆次云为例，在《北墅绪言》里有一编《叶公滑厘子合传》云：

春秋时有叶公，其子孙繁衍，别为四族。每族昆弟或九人或十一人，皆轻薄如纸，有有面目者，有无面目者，大约钱盈贯者皆无面目[1]者也，其一人在钱薮中稍有面目，已为空没文矣。其二十人虽亦衣冠面目，宛然大盗，而人乐亲之，谓可藉以致富。染其习者，即亲如骨肉，亦互思劫夺，故人目其徒曰吊友，谓其虽获小胜，必致大负，宜吊不宜贺也。济叶公之恶者又有滑厘子，兄弟六人皆以骨胜，遍身花绣，红绿灿然。素与盆成括善，出处必俱，诱人以必胜之术，人乐亲之，与叶无异。孟子尝斥之曰，徒取之彼以与此，然且不可。又曰，死矣盆成括。恶其小有才也。乃滑厘子曾受唐帝特赐绯衣，又为刘毅呼之

【锺校】

①“面目”原作“目面”。

即至，遂尔大胜，为人艳羡，不知人每出孤注，竟覆全军者，皆慕是说而误之者也。是滑厘之罪更浮于叶，虽粉其骨何足赎哉。圣人曰，戒之在斗，戒之在色，良有以也。

我抄这篇全文，因为是一个很好的例，他接着俳谐文的传统，却更近代化了，所以觉得更有意思。大抵俳谐文的特色有这几样。其一是讽刺。这不一定要如古人所说是对于政治社会一种匡正，仿佛是言外馀韵，让人家可以寻味，不要说完就完而已。其二是游戏。在体裁上这多是拟文，如传，如九锡文，如弹章。在脚色上多是拟人，如驴为庐山公，笔为毛颖，马吊牌为叶公。在文字上是玩把戏，可以有好几样。甲是音义。有同音异字，如《子夜歌》云，雾露隐芙蓉，见怜不分明。又如《侯鲭录》所记，莲花里点灯，偶然而已。有同字异义，如《毛颖传》拔其豪，《叶公滑厘子合传》的戒之在色，皆是。《文饭小品》有《怕考判》，序云："督学将至，姑熟棚厂具矣，有三秀才蕴药谋爇之，逻获验确，学使者发县，该谑庵判理具申。"判词有云："一炬未成，三生有幸。"又云："闻考即已命终，火攻乃出下策。"如三生，如考命终[1]，

【锺校】

①"命终"原作"终命"。

都是绝妙的例。乙是形体。如《吴志》载薛综劝蜀使张奉酒，拆[1]蜀字嘲之曰："蜀者何也？有犬为独，无犬为蜀，横目勾身，虫入其腹。"上文薛综凭宴会而发嘲调，即指此事。虽然严正的或是惜字的人见了会不大高兴，不过这实在是莫怪的事，中国文字中这种可能太多了，文人难能拒绝诱惑，据我看来也有几分可以原谅的，称扬自然亦可不必。王若虚《文辨》中有一则云："宋人多讥病《醉翁亭记》，此盖以文滑稽，曰，何害为佳，但不可为法耳。"滹南遗老洵知言哉。

俳谐文还有一样可能的特色是猥亵。颜师古注[2]《急就章》云："俳谓优之亵狎者也。"我不见得就信奉这句话，凭空去演绎出来，实在觉得这是题中应有之义，盖人是有性的生物，对于此事自有一种牵引，而双关暗示的言语于此亦特多，看笑话中即如此情形，可以知矣。牛空山著《诗志》，在《豳风·东山》下批云：

一篇悲喜离合，都从室家男女生情，开端敦彼独宿，亦在车下，隐然动劳人久旷之感，后文

【锺校】

① "拆"原作"折"。

② 此处原衍"意"字，已删。

妇叹于室，其新孔嘉，惓惓于此，三致意焉。夫人情所不能已，圣人弗禁，东征之士，谁无父母，岂鲜兄弟，而夫妇情艳之私尤所缱切，此诗曲体人情，无隐不透，直从三军肺腑扪摅一过，而真挚婉恻，感激动人。悦以使民，民忘其死，信周公不能作也。

此言虽大可以喻小。“其新孔嘉，其旧如之何？”这两句话说是蕴藉可，说是猥亵亦可。两间万物的情状无不是猥亵者，只看人如何的对付，如何的看。立身谨重，文章放荡，是一法也，相反的做也是别一法。俳谐文有猥亵一种，不仅是我的推量，也确是事实。敦煌鸣沙石室发现许多古写本，有一卷白行简的《天地阴阳交欢大乐赋》，民国三年叶德辉刻入《双梅影闇[1]丛书》里，叶氏跋有云：

右赋出自敦煌县鸣沙山石室，确是唐人文字。注引《洞玄子》《素女经》，在唐宋时此等房中书流传士大夫之口之文，殊不足怪。使道学家见之，必以为诲淫之书，将拉杂烧之，唯恐其不绝于世矣。

这是一个孤证，但是还可以往别处去找个陪客来。日

【锺校】

①“闇”原作“庵”。

本在后朱雀帝（一五三七至一五四一）时编有《本朝文粹》十四卷，其中收录大江朝纲所著《男女婚姻赋》一篇，大旨与白行简作相似而更简短，朝纲有《为清慎公报吴越王书》，洋洋大文，署天历元年，即五代后汉天福十二年（九四七）也。《本朝续文粹》今存十三卷，收有藤原季纲所著《阴车赞》一首，署泾水校尉高鸿撰，时为嘉保元年（一〇九四），盖与东坡同时，相传即《续文粹》之编者云。《本朝文粹》系仿姚铉的《唐文粹》而编辑，所收皆汉文，体制文字亦全仿中国，朝纲季纲之作当必有所本，其公然收入总集，亦仿佛可以证实叶君的话，在唐宋时此类文章恐怕也流传于士大夫口手之间，不甚以为怪也。晚明出来的《开卷一笑》里也有这一派的文章，不过虽然知道有屠赤水等在内，却都已用了什么道人的别号了。本来带点猥亵味的俳谐文做得好时可以很好，可是极不容易做，有如走索，弄得不好反而会跌一个狗吃矢的。况且一用别号更失了游戏里的真挚性，其不能有好成绩正是当然的事。所以我在这里只是说有此可能，若是问我从古以来有哪一篇这样的好文章，我还是说不出来，白行简的《大乐赋》与张文成的《游仙窟》相仿，只算是珍异的资料而已，以云佳作则犹未也。

终于说的得不着要领，可是费话已经说了许多，似乎应该打住了。我上面说的是中国旧的俳谐文，他从清客文人学着戏子打诨起头，随后借了这很有点特别的汉字，利用那些弱点或特色，写出了[①]许多骈散文，虽然不能有益于世，只如柳子厚所说息焉游焉，未始不可以自得其乐。这与日本俳文的情形很不相同，盖其一是从旧连歌蜕化成新的俳谐连歌，再由韵文转到散文去，自有一种新生命在里边；而其一则是旧体制的传衍，虽是有时也出点新机杼，总有地方像是世代书香的大家，看去颇有强弩之末之感了。我们目前很有些嘉道以来的作品，如《岂有此理》，《更岂有此理》，《文章游戏》四集，《皆大欢喜》，以至《天花乱坠》二集，要单独来谈或者也有意思，但整个看起来这已是《开卷一笑》的来孙，希望他复兴先业是不大可能的事，他们所能做到的至多也只是巴住门面而已。话虽如此，中国也可以说有他的新俳文，不过系统不很正，因为他不是俳谐文的嫡子，却是旁支或变种。我的意思是说公安竟陵派以后混合的一种新文章。公安派里有袁中郎，竟陵派有刘同人，他们两位的散文是离开了宗派传到后世来也是站得住的，

【锺校】

①“了”原作“好”。

但是我觉得混合的文章别有新气象，更是可喜，现在姑以张宗子作为代表。他的目的是写正经文章，但是结果很有点俳谐，你当他作俳谐文去看，然而内容还是正经的，而且又夹着悲哀。写法有极新也有极旧的地方，大抵是以写出意思来为目的，并没有一定的例规，口不择言，亦言不择事，此二语作好意讲，仿佛可以说出这特质来，如此便与日本俳谐师所说俳言俗语颇相近了。全篇似用文言，而白话随处加入，此在王谑庵也已有之，如《文饭小品》中《游满井记》云："语言嘈杂，卖饭食者邀诃（案即吆喝）好火烧，好酒，好大饭，好果子（案果子即油炸鬼）。贵有贵供，贱有贱鬻。"张宗子《琅嬛文集》中有《五异人传》，记张紫渊云："兄九山成进士，送旗匾至其门。叔嫚骂曰，区区鳖进士，怎入我紫渊眼内。乃裂其旗，作厮养裈，锯其干作薪炊饭，碎其匾取束猪栅。"又记张瑞阳为部吏，楚王府嘱查公文，允酬八千金，瑞阳嫌少，"来人曰，果得原文，为加倍之。瑞阳方小遗，寒颤作摇头状。来人曰，如再嫌少，当满二十千数。"此诸写法前人所无，不问古今雅俗，收入笔下，悉听驱使，这倒是与现代白话文相似，但是他一方面常利用成语故事，又颇有孔孟庄韩之遗风，也是很有意思的事。如《一卷冰雪文》后序云：

昔张公凤翼刻《文选纂注》，一士夫诘之曰，既云《文选》，何故有诗？张曰，昭明太子所集，于仆何与。曰，昭明太子安在？张曰，已死。曰，既死不必究也。张曰，便不死亦难究。曰，何故？张曰，他读得书多。

又《夜航船》序云：

昔有一僧人与一士子同宿夜航船，士子高谈阔论，僧畏慑卷足而寝。僧听其语有破绽，乃曰，请问相公，澹台灭明是一个人，是两个人？士子曰，是两个人。僧曰，这等，尧舜是一个人两个人？士子曰，自然是一个人。僧人乃笑曰，这等说起来，且待小僧伸伸脚。余所记载皆眼前极肤极浅之事，吾辈聊且记取，但勿使僧人伸脚则亦已矣，故即命其名曰夜航船。

《陶庵梦忆》序云：

昔有西陵脚夫为人担酒，失足破其瓮，念无以偿，痴坐伫想曰，得是梦便好。一寒士乡试中式，方赴鹿鸣宴，恍然犹意非真，自啮其臂曰，莫是梦否。一梦耳，唯恐其非梦，又唯恐其是梦，其为痴人则一也。余今大梦将寤，犹事雕虫，又是一番梦呓。

陶石梁《小柴桑喃喃录》在崇祯乙亥刊行，亦记此两事，云闻诸云门湛师，盖系当时通行的传说，而文句又十九相同，则宗子抄石梁原语，有时亦抄中郎同人也。又《西湖梦寻》序云：“余犹山中人归自海上，盛称海错之美，乡人竞来共舐其眼。嗟嗟，金齑瑶柱，过舌即空，则舐眼亦何救其馋哉。”原刊本署辛亥，盖在明亡后二十七年矣。《梦寻》《梦忆》二书皆宗子记其国破家亡之痛之作，而文特诙诡，《砚云》本《梦忆》小序说得好：“兹编载方言巷咏，嘻笑琐屑之事，然略经点染，便成至文，读者如历山川，如睹风俗，如瞻宫阙宗庙之丽，殆与采薇麦秀同其感慨，而出之以诙谐者欤。”宗子文集不为世所知，光绪三年始在贵州刻板，王介臣跋云：“昔惟郑广文珍见之曰，精浑胜归唐，何论二十四家耶，箧中有此，盗贼水火不能近也。竭数昼夜力钞录去，此外无人见也。”民国二十四年上海再付铅印，卢冀野跋中述刘鉴泉之语曰：“近世新文艺其原盖出于浙东史派，而晚明诸家为之先河，张宗子岱实启之也。”二跋相距正一甲子，对于宗子都能有所赏识，郑君古文的鉴别力是可信的，刘君说新文学的关系也有道理，这里我们可不必再词费，只想加添一句云，这可以叫做新的俳谐文。旧俳谐文的作者一面还有他的正经文章，如韩退之作有《毛颖传》又有《原道》。有些专写俳谐文，却自居于游戏狎亵，或者只用什么道人等别号，这些就称为旧派，新派则不如此。他们有如在打球，这游戏就是正经，无论什么文章总只是一个写法，信口信手，皆成律度，三百年前公安派如此说过，现在写文章的人也是这样的做着。这样说来大有“我田引水”之意，其实也无可如何，因为这是事实。俳谐文或俳文这名称有点语病，容易被人误解为狭义的有某种特质的文章，实在未必如此，日本的松尾芭蕉横井也有，法国的蒙田，英国的阑姆与亨德，密伦与林特等，所作的文章据我看来都可归在一类，古今中外全没有关系。他的特色是要说自己的话，不替政治或宗教去办差，假如这是同的，那么自然就是一类，名称不成问题，英法曰 essay，日本曰随笔，中国曰小品文皆可也。张宗子的文章我们不能学，也不可学，正如陶筠庵说渊明的诗一样，但是我们同在一条道上走着，当然感到亲近，若是《岂有此理》并以前的俳谐文看了也有兴会，则有如听朋友唱昆曲吹笛子，因自己不会吹，所以只是听听而已。

（廿六年五月十四日）

日本之再认识

我在日本住过六年，但只在东京一处，那已是三十年前的事了。其时正是明治时代的末期，在文学上已经过了抒情的罗曼主义运动，科学思想渐侵进文艺领域里来，成立了写实主义的文学，这在文学史上自有其评价，但在我个人看来，虽然不过是异域的外行人的看法，觉得这实在是一个伟大的时代，仿佛我们看顶好的作物大都成长——至少也是发芽于那个时期的。那时的东京比起现在来当然要差得远，不过我想西方化并不一定是现代化，也更不见得即是尽美善，因此也很喜欢明治时代的旧东京，七年前我往东京去，便特地找那震灾时未烧掉的本乡区住了两个月。我们去留学的时候，一句话都不懂，单身走入外国的都会去，当然会要感到孤独困苦，我却并不如此，对于那地方与时代的空气不久便感到协和，而且还觉得可喜，所以我曾称东京是我的第二故乡，颇多留恋之意。一九一一年春间，所作古诗中有句云，远游不思归，久客恋异乡，即致此意，时即清朝之末一年也。

我所知道的日本地方只是东京一部分，其文化亦只是东京生活与明治时代的文学，上去到江户时代的文学与美术为止，也还是在这范围内，所以我对于日本的了解本来是极有限的。我很爱好日本的日常生活，五六年前曾在随笔中说及，主要原因在于个人的性分与习惯。我曾在《怀东京》那篇小文中说过，我是生长于中国东南水乡的人，那里民生寒苦，冬天屋里没有火气，冷风可以直吹进被窝来，吃的通年不是很咸的腌菜也是很咸的腌鱼，有了这种训练去过东京的下宿生活，自然是不会不适合的。可是此外还有第二的原因，这可以说是思古之幽情。我们那时又是民族主义的信徒，凡民族主义必含有复古思想在里边，我们反对清朝，觉得清以前或元以前的差不多都好，何况更早的东西。听说从前夏穗卿钱念劬两位先生在东京街上走着路，看见店铺招牌的某文句或某字体，常指点赞叹，谓犹存唐代遗风，非现今中国所有。这种意思在那时大抵是很普通的。我们在日本的感觉，一半是异域，一半却是古昔，而这古昔乃是健全地活在异域的，所以不是梦幻似的空假，而亦与朝鲜安南的优孟衣冠不相同也。为了这个理由我们觉得和服也很可以穿，若袍子马褂在民国前都作胡服看待，章太炎先生初到日本时的照相，登在《民报》上的，也是穿着和服，即此一小事亦可以见那时一般的空气矣。关于食物我曾说道：

> 吾乡穷苦，人民努力才得吃三顿饭，唯以腌菜臭豆腐螺蛳当菜，故不怕咸与臭，亦不嗜油若命，到日本去吃无论什么都无不可。有些东西可以与故乡的什么相比，有些又即是中国某处的什么，这样一想更是很有意思。如味噌汁与干菜汤，金山寺味噌与豆板酱，福神渍与酱咯哒，牛蒡独活与芦笋，盐鲑与勒鲞，皆相似的食物也。又如大德寺纳豆即咸豆豉，泽庵渍即福建之黄土萝卜，蒟蒻即四川之黑豆腐，刺身即广东之鱼生，寿司即古昔的鱼鲊，其制法见于《齐民要术》，此其间又含有文化交通的历史，不但可吃，也更可思索。家庭宴集自较丰盛，但其清淡则如故，亦仍以菜蔬鱼介为主，鸡豚在所不废，唯多用其瘦者，故亦不油腻也。

谷崎润一郎在《忆东京》一文中很批评东京的食物，他举出鲫鱼的雀烧与叠鳎来作代表，以为显出脆薄贫弱，寒乞相，无丰腴的气象，这是东京人的缺点，其影响于现今以东京为中心的文学美术之产生者甚大。

他所说的话自然也有一理。但是我觉得这些食物之有意思也就是这地方，换句话可以说是清淡质素，他没有富家厨房的多油多团粉，其用盐与清汤处却与吾乡寻常民家相近，在我个人是很以为好的。假如有人请吃酒，无论鱼翅燕窝以至熊掌我都会吃，正如大葱卵蒜我也会吃一样，但没得吃时决不想吃，或看了人家吃便害馋，我所想吃的如奢侈一点还是白鲞汤一类，其次是鳘鱼鲞汤，还有一种用挤了虾仁的大虾壳，砸碎了的鞭笋的不能吃的老头，再加干菜而蒸成的不知名叫什么的汤，这实在是寒乞相极了，但越人喝得滋滋有味，而其有味也就在这寒乞即清淡质素之中，殆可勉强称之曰俳味也。

日本房屋我也颇喜欢，其原因与食物同样的在于他的质素。我曾说，我喜欢的还是那房子的适用，特别便于简易生活。又说，四席半一室面积才八十一方尺，比维摩斗室还小十分之二，四壁萧然，下宿只供给一副茶具，自己买一张小几放在窗下，再有两三个坐褥，便可安住。坐在几前读书写字，前后左右皆有空地，都可安放书卷纸张，等于一大书桌，客来遍地可坐，容六七人不算拥挤，倦时随便卧倒，不必另备沙发椅，深夜从壁厨取被褥摊开，又便即正式睡觉了。昔时常见日本学生移居，车上载行李只铺盖衣包小几或加书箱，自己手提玻璃洋油灯在车后走而已。中国公寓住室总在方丈以上，而板床桌椅箱架之外无多馀地，令人感到局促，无安闲之趣。大抵中国房屋与西洋的相同，都宜于华丽而不宜于简陋，一间房子造成，还是行百里者半九十，非是有相当的器具陈设不能算完成。日本则土木功毕，铺席糊门，即可居住，别无一点不足，而且觉得清疏有致。从前在日向旅行，在吉松高锅等山村住宿，坐在旅馆的朴素的一室内凭窗看山，或着浴衣躺席上，要一壶茶来吃，这比向来住过的好些洋式中国式的旅舍都要觉得舒服，简单而省费。现在想起来，诚如梁实秋君所云，中国的菜或者真比外国好吃，中国的长袍布鞋比外国舒适，但是关于房屋，至少是燕居的房间，我还是觉得以日本旧式的为最好，盖三十馀年来此意见未有变动也。

日本生活里的有些习俗我也喜欢，如清洁，有礼，洒脱。洒脱与有礼这两件事一看似乎有点冲突，其实却并不然，洒脱不是粗暴无礼，他只是没有宗教的与道学的伪善，没有从淫佚发生出来的假正经，最明显的例是对于裸体的态度。蔼理斯在《论圣芳济及其他》（*St. Francis And Others*）文中有云：

希腊人曾将不喜裸体这件事看作波斯及其他

夷人的一种特性，日本人——别一时代与风土的希腊人——也并不想到避忌裸体，直到那西方夷人的淫佚的怕羞的眼告诉他们，我们中间至今还觉得这是可嫌恶的，即使单露出脚来。

我现今不想来礼赞裸体，以免骇俗，但我相信日本民间赤足的风俗总是极好的，出外固然穿上木屐或草履，在室内席上便白足行走，这实在是一件很健全很美的事，我所嫌恶的中国恶俗之一是女子的缠足，所以反动的总是赞美赤足，想起两足白如霜不着鸦头袜之句，觉得青莲居士毕竟是可人，在中国人中殊不可多得。我常想，世间鞋类里边最善美的要算希腊古代的山大拉（Sandala），闲适的是日本的下驮（Geta），经济的是中国南方的草鞋，而皮鞋之流不与也。凡此皆取其不隐藏，不装饰，只是任其自然，却亦不至于不适用与不美观。此亦别无深意，不过鄙意对于脚或身体的别部分以为解放总当胜于束缚与隐讳，故于希腊日本的良风美俗不能不表示赞美，以为诸夏所不如也。希腊古国恨未及见，日本则幸曾身历，每一出门去，即使别无所得，只见憧憧往来者都是平常人，无一裹足者在内，如现今在国内行路所常经验，见之令人怅然不乐者，则此一事亦已大可喜矣。

我对于日本生活之爱好只以东京为标准，但是假如这足以代表全日本，地方与时代都不成问题，那时东京的生活比后来更西洋化的至少总更有日本的特色，那么我的所了解即使很浅也总不大错，不过我凭的是经验而不是理论，所以虽然自己感觉有切实的根底，而说起来不容易圆到，又多凭主观，自然观察不能周密，这实是无可如何的事。因为同样的理由，我对于日本文学艺术的了解也只是部分的，在理论上我知道要寻求所谓日本精神于文学上必须以奈良朝以上为限，《古事记》与《万叶集》总是必读的，其次亦应着力于平安朝，盖王朝以后者乃是幕府的文学，其意义或应稍异矣。但是，古典既很不易读，读了也未能豁然贯通，像近代文学一样，觉得他与社会生活是相连的，比较容易了解。我只知道一点东京的事，因此我感觉有兴趣的也就是以此生活为背景的近代的文学艺术，目前是明治时代，再上去亦只以德川时代为止。民国六年来北京后这二十年中，所涉猎杂书中有一部分是关于日本的，大抵是俳谐，俳文，杂俳，特别是川柳，狂歌，小呗，俗曲，洒落本，滑稽本，小话即落语等，别一方面则浮世绘、大津绘，以及民艺，差不多都属于民间的，在我只取其不太难懂，又与所见生活或可互有发明耳。我这样的看日本说不上研究，却自己觉得也稍有所得，我当时不把日本当作一个特[1]异的国看，要努力去求出他特别与别人不同的地方来，我只径直的看去，就自己所能理解的加以注意，结果是找着许多与别人近同的事物，这固然不能作为日本的特征，但因此深觉到日本的东亚性，盖因政治情状，家族制度，社会习俗，文字技术之传统，儒释之思想交流，在东亚民族间多是大同小异，从这里着眼看去，便自然不但容易理解，也觉得很有意义了。在十七八年前我曾说过，中国在他独特的地位上特别有了解日本的必要与可能，就是这种意思。我向来不信同文同种之说，但是觉得在地理与历史上比较西洋人则我们的确有此便利，这是权利，同时说是义务亦无什么不可。永井荷风在所著《江户艺术论》第一篇浮世绘之鉴赏中曾云：

我反省自己是什么呢？我非威耳哈伦（Verhaeren）似的比利时人而是日本人也，生来就和他们的运命及境遇迥异的东洋人也。恋爱的至情不必说了，凡对于异性之性欲的感觉悉视为最大的罪恶，我辈即奉戴此法制者也。承受“胜不过啼哭的小孩和地主”的教训的人类也，知道“说话则唇寒”的国民也。使威耳哈伦感奋的那滴着

【锺校】

① 此处原衍“特”字，已删。

鲜血的肥羊肉与芳醇的蒲桃酒与强壮的妇女之绘画，都于我有什么用呢？呜呼，我爱浮世绘。苦海十年为亲卖身的游女的绘姿使我泣，凭倚竹窗茫然看着流水的艺妓的姿态使我喜，卖宵夜面的纸灯寂寞地停留着的河边的夜景使我醉，雨夜啼月的杜鹃，阵雨中散落的秋天树叶，落花飘风的钟声，途中日暮的山路的雪，凡是无常无告无望的，使人无端嗟叹此世只是一梦的，这样的一切东西于我都是可亲，于我都是可怀。

永井氏的意思或者与我的未必全同，但是我读了很感动，我想从文学艺术去感得东洋人的悲哀，虽然或者不是文化研究的正道，但岂非也是很有意味的事么？我在《怀东京》一文中曾说，无论现在中国与日本怎样的立于敌对的地位，如离开一时的关系而论永久的性质，则两者都是生来就和西洋的运命及境遇迥异之东洋人也。我们现时或为经验所限，尚未能通世界之情，如能知东洋者斯可矣。我们向来不自顾其才力之不逮而妄谈日本文化者盖即本此意，并非知己知彼以求制胜，实只是有感于阳明“吾与尔犹彼也”之言，盖求知彼正亦为欲知己计耳。

这种意见怀抱了很久，可是后来终于觉悟，这是不很可靠的了。如只于异中求同，而不去同中求异，只是主观的而不去客观的考察，要想了解一民族的文化，这恐怕至少是徒劳的事。

我们如看日本文化，因为政治情状，家族制度，社会习俗，文字技术之传统，儒释思想之交流等，取其大同者为其东亚性，这里便有一大谬误，盖上所云云实只是东洋之公产，已为好些民族所共有，在西洋看来自是最可注目的事项，若东亚人特别是日华朝鲜安南缅甸各国相互研究，则最初便应罗列此诸事项束之高阁，再于大同之中求其小异，或至得其大异者，这才算能了解得一分，而其了解也始能比西洋人更进一层，乃为可贵耳。我们前者观察日本文化，往往取其与自己近似者加以鉴赏，不知此特为日本文化中东洋共有之成分，本非其固有精神之所在。今因其与自己近似，易于理解而遂取之，以为已了解得日本文化之要点，此正是极大幻觉，最易自误而误人者也。我在上边说了许多对于日本的观察，其目的便只为的到了现在一笔勾消，说明所走的路全是错的，我所知道的只是日本文化中之东亚性一面，若日本之本来面目可以说是不曾知道，欲了知一国文化，单求之于文学艺术，也是错的，至少总是不充分。对于一国文化之解释总当可以应用于别的各方面，假如这只对于文化上适合，却未能用以说明其他的事情，则此解释亦自不得说是确当。我向来的意见便都不免有这些缺点，因此我觉得大有改正之必要，应当于日本文化中忽略其东洋民族共有之同，而寻求其日本民族所独有之异，特别以中国民族所无或少有者为准。这是什么呢？我不能知道，所以我不能说。但是我也很考虑，我猜想，这或者是宗教罢？十分确定的话我还不能说，我总觉得关于信仰上日华两民族很有些差异，虽然说儒学与佛教在两边同样的流行着。中国人也有他的信仰，如吾乡张老相公之出巡，如北京妙峰山之朝顶，我觉得都能了解，虽然自己是神灭论的人，却很理会得拜菩萨的信士信女们的意思，我们的信仰仿佛总是功利的，没有基督教徒的每饭不忘的感谢，也没有巫师的降神的歌舞，盖中国的民间信仰虽多是低级的而并不热烈或神秘者也。日本便似不然，在他们的崇拜仪式中往往显出神凭（Kamigakari）或如柳田国男氏所云神人和融的状态，这在中国绝少见，也是不容易了解的事。浅近的例如乡村神社的出巡，神舆中放着神体，并不是神像，却是不可思议的代表如石或木，或不可得见不可见的别物，由十六人以上的壮丁抬着走，而忽轻忽重，忽西忽东，或撞毁人家门墙，或停在中途不动，如有自由意志似的，舆夫便只如蟹的一爪，非意识的动着。外行的或怀疑是壮丁们的自由行动，这事便不难说明，其实似并不如此简单。柳田氏在所著《祭祀与世间》第七节中有一段说得好：

> 我幸而本来是个村童，有过在祭日等待神舆过来那种旧时感情的经验。有时便听人说，今年不知怎的，御神舆是特别发野呀。这时候便会有这种情形，仪仗早已到了十字路口了，可是神舆老是不见，等到看见了也并不一定就来，总是左倾右侧，抬着的壮丁的光腿忽而变成 Y 字，又忽而变成 X 字，又忽而变成 W 字，还有所谓举起的，常常尽两手的高度将神舆高高的举上去。

这类事情在中国神像出巡的时候是绝没有的，至少以我个人浅近的见闻来说总是如此。如容我们掉书袋，或者希腊古代所谓酒神祭时的仪式里有相似处亦未可知，不过那祭典在希腊也是末世从外边移入的，日本的情形又与此不同。日本的上层思想界容纳有中国的儒家与印度的佛教，近来又加上西洋的科学，然其民族的根本信仰还是本来的神道，这一直支配着全体国民的思想感情，上层思想界也包含在内。知识阶级自然不见有神舆夫的那神凭状态了，但是平常文字中有些词句，如神国，惟神之道（Kaminagara no michi）等，我们见惯了，觉得似乎寻常，其实他的真意义如日本人所了解者我们终不能懂得，这事我想须是诉诸感情，若论理的解释怕无是处，至少也总是无用。要了解日本，我想须要去理解日本人的感情，而其方法应当是从宗教信仰入门。可惜我自己知道是少信的，知道宗教之重要性而自己是不会懂得的，因此虽然认识了门，却无进去的希望。我常想，有时也对日本友人说，为的帮助中国人了解日本，应当编印好些小书，讲日本神社的祭祀与出巡，各处的庙会即缘日情形，乡村里与中国不同的各种宗教行事与传说，文字图画要配列得好，这也是有意义的事。我们涉猎东洋艺文，常觉得与禅有关系，想去设法懂得一点，以为参考。其实这本不是思想，禅只是行，不是论理的理会得的东西，我们读禅学史，读语录，结果都落理障，与禅相隔很远，而且平常文学艺术上所表现的我想大抵也只是老庄思想的一路，若是禅未必能表得出，即能表出亦不能懂得，如语录是也。这样说来，图说亦是无用，盖欲了解一民族的宗教感情，眼学与耳食同样的不可靠，殆非有经历与体验不可也。我很抱歉自己所说的话多是否定的，但是我略叙我对于日本的感想，又完全把它否定了，却也剩下一句肯定的话。即是说了解日本须自宗教入手，这句话虽是很简短，但是极诚实，极重要的。孔子曾说：“知之为知之，不知为不知，是知也。”我虽不敢自附于儒家之林，但于此则不敢不勉也。

（廿九年十二月十七日）

【附记】 去年适值日本纪元二千六百年纪念，国际文化振兴会计划发刊纪念论文集，除分区征文外，又约人给写文章。该会北京代理人找到我的时候是在三月里，期限年底交稿，我因为在眼前还有十个月工夫，而钱稻孙先生也应允写稿，我若是写不出，有钱先生一篇也就可以应付过去，所以贸然答应了。不料时光全靠不住，忽而已是十二月，钱先生往东京参加纪念典礼，论文不曾写得，我这才着了忙，但是没有法子，只好如老秀才应岁考，硬了头皮做去，考列四等原是觉悟了的，幸而我与国际文化振兴会约定的时候预先有一着埋伏，即以不受任何报酬为条件，这意思就是说，文章写得不好也就莫怪，我的确还声明，文如不适用可以丢到字纸篓里去。乃承振兴会不弃收下，且交给某杂志将译文发表在本年十二月号上。本来我的条件里也有一条，便是付译时须把译文原稿给我看一遍，这回却并没有照办，大约不是振兴会而是杂志社所译的吧。但因此不幸有些误译，最重要的是末一节里，我说在知识阶级中自然不见有神凭状态，而译文却是说有，以否定为肯定，这错得多么滑稽而奇怪。现在我就将原文发表一下，所说的话对不对都以此为准，庶不至以讹传讹也。

（三十年十二月十五日再记）

图书在版编目(CIP)数据

药味集/周作人著作;锺叔河编订.—长沙:岳麓书社,2020.10

ISBN 978-7-5538-1220-5

Ⅰ.①药… Ⅱ.①周…②锺… Ⅲ.①杂文集—中国—现代

Ⅳ.①I266.1

中国版本图书馆 CIP 数据核字(2019)第 284637 号

YAOWEI JI

药味集

周作人著作 锺叔河编订

特约编辑:鄢 琨

责任编辑:蒋 浩

责任校对:舒 舍

书籍设计:风格八号

岳麓书社出版发行

地址:湖南省长沙市爱民路 47 号

直销电话:0731-88804152 0731-88885616

邮编:410006

版次:2020 年 10 月第 1 版

印次:2020 年 10 月第 1 次印刷

开本:787mm×1092mm 1/32

印张:5.625

字数:87 千字

印数:1—6 000

ISBN 978-7-5538-1220-5

定价:24.00 元

承印:长沙鸿发印务实业有限公司

如有印装质量问题,请与本社印务部联系

电话:0731-88884129